畢璞全集・散文・二

午後的
冥想

【推薦序一】

老樹春深更著花

封德屏

一九八六年四月，畢璞應《文訊》雜誌「筆墨生涯」專欄邀稿，發表〈三種境界〉一文，她在文末寫道：

這種職業很適合我這類沉默、內向、不善逢迎、不擅交際的書呆子型人物，我很高興我當年選擇了它。我既沒有後悔自己走上寫作這條路，又說過它是一種永遠不必退休的行業；那麼，看樣子，我是注定了此生還是要與筆墨為伍了。

畢璞自知甚深，更有定力付之行動，近三十年來她持續創作，陸續出版了數本散文、小說、自選集；三年前，為了迎接將臨的「九十大壽」，她整理近年發表的文章，出版了散文集

《老來可喜》。年過九十後，創作速度放緩，但不曾停筆。二〇〇九年元月《文訊》創辦的「銀光副刊」，至今刊登畢璞十二篇文章，上個月（二〇一四年十一月），她在「銀光副刊」發表了短篇小說〈生日快樂〉，此外，也仍偶有文章發表於《中華日報》副刊。畢璞用堅毅無悔的態度和纍纍的創作成果，結下她一生和筆墨的不解之緣。

一九四三年畢璞就發表了第一篇作品，五〇年代持續創作，創作出版的高峰集中在六〇、七〇年代。一九六八年到一九七九年是她作品的豐收期，這段時間有時一年出版三、四本，甚至五本。早些年，她是編寫雙棲的女作家，曾主編《大華晚報》家庭版、《公論報》副刊、《徵信新聞報》家庭版，並擔任《婦友月刊》總編輯，八〇年代退休後，算是全心歸回到自適自在的寫作生涯。

真摯與坦誠是畢璞作品的一貫風格。散文以抒情為主，用樸實無華的筆調去謳歌自然，讚頌生命；小說題材則著重家庭倫理、婚姻愛情。中年以後作品也側重理性思考與社會現象觀察。畢璞曾自言寫作不喜譁眾取寵、不造新僻字眼，強調要「有感而發」，絕不勉強造作。

畢璞生性恬淡，除了抗戰時逃難的日子，以及一九四九年渡海來台的一段艱苦歲月外，自認大半生風平浪靜。「淡泊名利，寧靜無為」是她的人生觀，讓她看待一切都怡然自得。雖然前後在報紙雜誌社等媒體工作多年，一九五五年也參加了「中國婦女寫作協會」，可能如她自己所言「個性沉默、內向，不擅交際」，多年來很少現身文壇活動。像她這樣一心執著於創作的人和其作品，在重視個人包裝、形象塑造，充斥各種行銷手法的出版紅海中，很容易會被湮沒遺忘。

然而，這位創作廣跨小說、散文、傳記、翻譯、兒童文學各領域，筆耕不輟達七十餘年的資深作家，冷月孤星，懸長空夜幕，環視今之文壇，可說是鳳毛麟角，珍稀罕見。在人們華服高軒、闊論清議之際，九三高齡的她，老樹春深更著花，一如往昔，正俯首案頭，筆尖不斷流淌出款款深情，如涓涓流水，在源遠流長的廣域，點點滴滴灌溉著每一寸土地。

感謝秀威資訊科技股份有限公司，在文學出版業益顯艱辛的此刻，奮力完成「畢璞全集」二十七冊的巨大工程。不但讓老讀者有「喜見故人」的驚奇感動，也讓年輕一代的讀者，有機會可以在快樂賞讀中，認識畢璞及其作品全貌。我們也希望透過文學經典這樣的再現與傳承，向這位永遠堅持創作的作家，表達我們由衷的尊崇與感謝之意。

民國一〇三年十二月

（封德屏：現任文訊雜誌社社長兼總編輯、台灣文學發展基金會執行長、紀州庵文學森林館長。）

【推薦序二】

老來可喜話畢璞

吳宏一

一

上星期二（十月七日），我有事到《文訊》辦公室去。事畢，封德屏社長邀我去參觀她們蒐集珍藏的期刊。看到很多民國五、六十年前後風行文壇的文藝刊物，目前多已停刊，不勝嗟嘆。《暢流》、《自由青年》、《文星》等我投過搞、發表過創作的刊物不說，連一些當時發行不廣的小刊物，她們也多有蒐集。其用心之專、致力之勤，實在不能不令人讚嘆。於是我向她提起我高中以迄大學時期文學起步的一些往事，中間提到若干文藝刊物和若干文壇前輩對我的鼓勵和影響。其中特別提到我大學一年級，民國五十年的秋天，剛進入台大中文系讀書時所認識的一些前輩先進。像當時住在濟南路的紀弦，住在廈門街的余光中，住在南昌街菸酒公賣局宿舍的羅悟緣，住在安東市場旁的羅門、蓉子……我都曾經一一去走訪，謝謝他們採用或推薦過我的作品。過程歷歷在目，至今仍記憶猶新。比較特別的是，去新生南路夜訪覃子豪時，還遇見過魏子雲；去峨嵋街救國團舊址見程抱南、鄧禹平時，還順道去《公論報》探訪副刊主編畢璞……。

一提到畢璞，德屏立即接了話，說「畢璞全集」目前正編印中，問我願不願意為她「全集」寫個序言。我答：寫序不敢，但對我文學起步時曾經鼓勵或提攜過我的前輩，我非常樂意寫紀念性的文字。不過，我也同時表示，我與畢璞五十多年來，畢竟才見過兩三次面，她的作品我讀得並不多，要寫也得再讀讀她的生平著作，而且也要她還記得我，對往事有些共同的記憶才好。所以我建議，請德屏代問畢璞兩件事：一是她記不記得在我大一下學期（民國五十一年春），她和另一位女作家到台大校園參觀之事；二是她在主編《婦友》月刊期間，記不記得曾經約我寫過詩歌專欄。

德屏說好。第二日早上十點左右，畢璞來了電話，客氣寒暄之後，告訴我：她記得她和鍾麗珠早年曾到台大校園和我見過面，但對於《婦友》約我寫專欄之事，則毫無印象。她知道我沒有讀過她的作品集，說要寄兩三本來，又知道我怕她年老行動不便，改口說，要不然，幾天內如果我能抽空，就煩請德屏陪我去內湖看她，由她當面交給我，同時可以敘敘舊、聊聊天。

我當然贊成。我已退休，時間容易調配，只不知德屏事務繁忙，能不能抽出空暇。想不到與德屏聯絡後，當天下午，就由《文訊》編輯吳穎萍小姐聯絡好，約定十月十日下午三點一起去見畢璞。

二

十月十日國慶節，下午三點不到，我就如約搭文湖線捷運到葫洲站一號出口等。不久，德屏與穎萍來了。德屏領先，走幾分鐘路，到康寧老人安養中心去見畢璞。途中德屏說，畢璞雖然年逾九旬，行動有些不便，但能以歡樂的心情迎接老年，不與兒孫合住公寓，怕給家人帶來不便，所以獨居於此，雇請菲傭照顧，生活非常安適。我聽了，心裡也開始安適起來，覺得她是一個慈藹安詳而有智慧的長者。

見面之後，我更覺安適了。記得我第一次見到畢璞，是民國五十年的秋冬之際，在西門町附近康定路的一棟木造宿舍裡，居室比較狹窄；畢璞當時雖然親切招待，但總顯得態度拘謹。相隔五十三年，畢璞現在看起來，腰背有點彎駝，耳目有些不濟，但行動尚稱自如，面容聲音卻似乎數十年如一日，沒有什麼明顯的變化。如果要說有變化，那就是變得更樸實自然，沒有絲毫的窘迫拘謹之感。

由於德屏的善於營造氣氛、穿針引線，由於穎萍的沉默嫻靜，只做一個忠實的旁聽者，那天下午，我和畢璞有說有笑，談了不少往事，讓我恍如回到五十三年前的青春年代。那時候，我才十八歲，剛考上台大中文系，剛到陌生而充滿新鮮感的臺北，常投稿報刊雜誌，常拜訪前輩作家。有一天，我到西門町峨嵋街救國團去領新詩比賽得獎的獎金，順道去附近的《聯合報》和《公論報》社。我到《公論報》社問起副刊主編畢璞，說明我常有作品發表，就有人給了我她家的住址。距離報社不遠，在成都路、西門國小附近。那時候我年輕不懂事，大家也少用電話，所以就直接登門造訪了。見面時談話不多，記憶中，畢璞說過她先生也在《公論報》上班，她如何編副刊，還有她兒子正讀師大附中，希望將來也能考上台大等。辭別時，畢璞說了一句，聽說台大校園春天杜鵑花開得很盛很好看。我謹記這句話，所以第二年的春天，投稿信中附帶留言，歡迎她跟朋友來台大校園玩。就因為這樣，畢璞和鍾麗珠在民國五十一年的春季，相偕來參觀台大校園。

確切的日期記不得了。畢璞說連哪一年她都不能確定。我翻開我隨身帶來送她的光啟版散文集《微波集》，指著一篇〈鄉愁〉後面標明的出處，民國五十一年四月二十七日發表於《公論副刊》。經此指認，畢璞稱讚我的記性和細心，而且她竟然也記起了當天逛傅園後，我請她們到福利社吃牛奶雪糕的往事。

很多人都說我記憶力強，但其實也常有模糊或疏忽之處。例如那一天下午談話當中，我提起雨中路過杭州南路巧遇《自由青年》主編呂天行，以及多年後我在西門町日新歌廳前再遇見他，聽他告訴我「驚天大祕密」的時候，確實的街道名稱，我就說得不清不楚，更糟糕的是，畢璞再次提起她主編《婦友》月刊的期間，真不記得邀我寫過專欄。一時間，我真無辭以對。當事人都這麼說了，我該怎麼解釋才好呢？好在我們在談話間，曾提及王璞、呼嘯等人，似乎又給了我重拾記憶的契機。

我私下告訴德屏，《婦友》確實有我寫過的詩歌專欄，雖然事忙只寫了幾期，但這些文章後來都曾收入我的《先秦文學導讀・詩辭歌賦》和《從詩歌史的觀點選讀古詩》等書中，白紙黑字，騙不了人的。會不會畢璞記錯，或如她所言不在她主編的期間別人約的稿呢？

那天晚上回家後，我開始查檢我舊書堆中的期刊，找不到《婦友》，卻找到了王璞主編的《新文藝》和呼嘯主編的《青年日報》副刊剪報。他們都曾約我寫過詩詞欣賞專欄，印象中有一個與《婦友》大約同時。尋檢結果，查出連載的時間，《新文藝》是民國七十一年，《青年日報》則是民國七十七年。到了十月十二日，再比對資料，我已經可以推定《婦友》刊登我詩歌專欄的時間，應該是在民國七十七年七、八月間。

十月十三日星期一中午，我打電話到《文訊》找德屏，她出差不在。我轉請秀卿代查，傍晚她回覆，已在《婦友》民國七十七年七月至十一月號，找到我所寫的〈古歌謠選講〉，當時的總編輯就是畢璞。事情至此告一段落。記憶中，是一次作家酒會邂逅時畢璞約我寫的。寫了幾期，因為事忙，又遇畢璞調離編務，所以專欄就停掉了。這本來就是小事一樁，無關宏旨，豁達的畢璞不會在乎這個的，只不過可以證明我也「老來可喜」，記憶尚可而已。

三

「老來可喜」，是畢璞當天送給我看的兩本書，其中一本散文集的書名，語出宋代詞人朱敦儒的〈念奴嬌〉詞。另外一本是短篇小說集，書名《有情世界》。根據書後所附的作品目錄，原來畢璞的作品集，已出三、四十本。她挑選這兩本送我看，應該有其用意吧。看《老來可喜》這本散文集，可知她的生平大概；看《有情世界》這本短篇小說集，則可知她的小說特色所在。初讀的印象，她的作品，無論是散文或小說，從來都不以技巧取勝，就像她的筆名一樣，是未經琢磨的玉石，內蘊光輝，表面卻樸實無華，然而在樸實無華之中，卻又表現出一個共同的主題。一言以蔽之，那就是「有情世界」。其中有親情、愛情、人情味以及生活中的情趣。因此，讀來特別溫馨感人，難怪我那罕讀文藝創作的妻子，也自稱是她的忠實讀者。

讀畢璞《老來可喜》這本散文集，可以從中窺見她早年生涯的若干側影，以及她自民國三十八年渡海來台以後的生活經歷。其中寫親情與友情，敘事中寓真情，雋永有味，誠摯而動人。寫懷才不遇的父親，寫遭逢離亂的家人，寫志趣相投的文友，娓娓道來，真是扣人心弦。

其中〈西門懷舊〉一篇，寫她康定路舊居的一些生活點滴，更讓我玩味再三。即使寫她身邊瑣事的小小感觸，寫愛書成癡，愛樂成癡，寫愛花愛樹，看山看天，也都能使我們讀者體會到「生命中偶得的美」，享受到「小小改變，大大歡樂」。「生命中偶得的美」和「小小改變，大大歡樂」，正是她文集中的篇名。我們還可以發現，身經離亂的畢璞，涉及對日抗戰、國共內戰的部分，著墨不多，多的是「此身雖在堪驚」，「老來可喜，是歷遍人間，諳知物外」。這也正是畢璞同一時代大多婦女作家的共同特色。

讀《有情世界》這本小說集，則可發現：畢璞散文中寫得比較少的愛情題材，都寫進小說裡了。畢璞說過，小說是她的最愛，因為可以滿足她的想像力。讀完這十六篇短篇小說，我們確實可以發現，她的小說採用寫實的手法，勾勒一些時代背景之外，重在探討人性，敘寫一些有情有義的故事。特別是愛情與親情之間的矛盾、衝突與和諧。小說中的人物和故事，有真有假，「真」的往往是根據她親身的經歷，「假」的是虛構，是運用想像，無中生有塑造出來的。她把它們揉合在一起，而且讓自己脫離現實世界，置身其中，成為小說中人。

因此，我讀畢璞的短篇小說，覺得有的近乎散文。尤其她寫的書中人物，大都是我們城鎮小市民日常身邊所見的男女老少，故事題材也大都是我們城鎮小市民幾十年來所共同面對的移民、出國、旅遊、探親等話題。或許可以這樣說，較之同時渡海來台的作家，畢璞寫的小說，罕有激情奇遇，缺少波瀾壯闊的場景，也沒有異乎尋常的角色，既沒有朱西甯、司馬中原筆下的鄉野氣息，也沒有白先勇筆下的沒落貴族，一切平平淡淡的，可是就在平淡之中，卻能給人親近溫馨之感。表面上看，她似乎不講求寫作技巧，但仔細觀察，她其實是寓絢爛於平淡。像〈生命共同體〉一篇，寫范士丹夫婦這對青梅竹馬的患難夫妻，到了老年還為要不要移民美國而引起衝突，高潮迭起，正不知作者要如何收場，這時卻見作者藉描寫范士丹的一些心理活動，利用廚房下麵一個小情節，就使小說有個圓滿的結局，而留有餘味。〈春夢無痕〉一篇，寫梅湘退休後，到香港旅遊，在半島酒店前香港文化中心，竟然遇見四十多年前四川求學時代的舊情人冠倫。四十多年來，由於人事變遷，兩岸隔絕，二人各自男婚女嫁，都已另組家庭，正不知作者要如何安排後來的情節發展，這時卻見作者利用梅湘的一段心理描寫，也就使小說有個出人意外而又合乎自然的結尾，不會予人突兀之感。這些例子，說明了作者並非不講表現藝術，只是她運用寫作技巧時，合乎自然，不見鑿痕而已。所以她的平淡自然，不只是平淡自然，而是別有繫人心處。

四

畢璞同時的新文藝作家，有三種人給我的印象特別深刻。一是軍中作家，以寫新詩和小說為主，強調創新和現代感；二是婦女作家，以寫散文為主，多藉身邊瑣事寫人間溫情；三是鄉土作家，以寫小說和遊記為主，反映鄉土意識與家國情懷。這是二十世紀五、六十年代前後臺灣新文藝發展史上的一大特色。這三類作家的風格，或宏壯，或優美，雖然成就不同，但套用王國維的話說，都自成高格，自有名句，境界雖有大小，卻不以是分優劣。因此有人嘲笑婦女作家多只能寫身邊瑣事和生活點滴，那是學文學的人不該有的外行話。

畢璞當然是所謂婦女作家，她寫的散文、小說，攏總說來，也果然多寫身邊瑣事，或者說，多藉身邊瑣事寫溫暖人間和有情世界。但她的眼中充滿愛，她的心中沒有恨，所以她的筆端流露出來的，每一篇作品都像春暉薰風，令人陶然欲醉；情感是真摯的，思想是健康的，真的適合所有不同階層的讀者。

一般而言，人老了，容易趨於保守，失之孤僻，可是畢璞到了老年，卻更開朗隨和，更為豁達，就像玉石，愈磨愈亮，愈有光輝。她特別欣賞宋代詞人朱敦儒的「老來可喜」那首〈念奴嬌〉詞。她很少全引，現在補錄如下：

老來可喜，是歷遍人間，諳知物外。
看透虛空，將恨海愁山，一時挼碎。
免被花迷，不為酒困，到處惺惺地。
飽來覓睡，睡起逢場作戲。

休說古往今來，乃翁心裡，沒許多般事。
也不蘄仙不佞佛，不學栖栖孔子。
懶共賢爭，從教他笑，如此只如此。
雜劇打了，戲衫脫與獃底。

朱敦儒由北宋入南宋，身經變亂，歷盡滄桑，到了晚年，勘破世態人情，不但主張不學栖栖皇皇的孔子，說什麼經世濟物，而且也認為道家說的成仙不死，佛家說的輪迴無生，都是虛妄的空談，不可採信。所以他自稱「乃翁」，說你老子懶與人爭，管它什麼古今是非，說人生在世，就像扮演一齣戲一樣，各演各的角色，逢場作戲可矣，何必惺惺作態，說什麼愁呀恨呀。一旦自己的戲份演完了，戲衫也就可以脫給別的傻瓜繼續去演了。這首詞表現的人生觀，雖然豁達，卻有些消極。這與畢璞的樂觀進取，對「有情世界」處處充滿關懷，是不相契的。我想畢璞喜愛它，應該只愛前面的幾句，所以她總不會引用全文，有斷章取義的意思吧。

畢璞《老來可喜》的自序中，說西方人把老年分成三個階段：從六十五歲到七十五歲是「初老」，從七十六歲到八十五歲是「老」，八十六歲以上是「老老」；又說「初老」的十年是人生最美好的黃金時期，不必每天按時上班，兒女都已長大離家，內外都沒有負擔，沒有工作壓力，智慧已經成熟，人生已有閱歷，身體健康也還可以，不妨與老伴去遊山玩水，或抽空去學習一些新知，以趕上時代。想做什麼就做什麼，豈非神仙一般。畢璞說得真好，我與內子現在正處於「初老」的神仙階段，也同樣覺得人間有情，處處充滿溫暖，這幾天讀畢璞的書，益發覺得「老來可喜」，可喜者三：老來讀畢璞《老來可喜》，一也；不久之後，可與老伴共讀「畢璞全集」，二也；從今立志寫自己不像傳記的傳記，彷彿回到自己的青春時期，三也。

民國一〇三年十月十五日初稿

（吳宏一：學者，作家，曾任臺灣大學中文系教授、香港中文大學中文系、香港城市大學中文、翻譯及語言學系講座教授，著有詩、散文、學術論著數十種。）

【自序】長溝流月去無聲──七十年筆墨生涯回顧

畢璞

「文書來生」這句話語意含糊，我始終不太明瞭它的真義。不過這卻是七十多年前一個相命師送給我的一句話。那次是母親找了一位相命師到家裡為全家人算命。我從小就反對迷信，痛恨怪力亂神，怎會相信相士的胡言呢？當時也許我年輕不懂，但他說我「文書來生」卻是貼切極了。果然，不久之後，我就開始走上爬格子之路，與書本筆墨結了不解緣，迄今七十年，此志不渝，也還不想放棄。

從童年開始我就是個小書迷。我的愛書，首先要感謝父親，他經常買書給我，從童話、兒童讀物到舊詩詞、新文藝等，讓我很早就從文字中認識這個花花世界。父親除了買書給我，還教我讀詩詞、對對聯、猜字謎等，可說是我在文學方面的啟蒙人。小學五年級時年輕的國文老師選了很多五四時代作家的作品給我們閱讀，欣賞多了，我對文學的愛好之心頓生，我的作文成績日進，得以經常「貼堂」（按：「貼堂」為粵語，即是把學生優良的作文、圖畫、勞作等掛在教室的牆壁上供同學們觀摩，以示鼓勵）。六年級時的國文老師是一位老學究，選了很多古文做教材，使我有機會汲取到不少古人的智慧與辭藻；這兩年的薰陶，我在不知不覺中變成了文學的死忠信徒。

上了初中，可以自己去逛書店了，當然大多數時間是看白書，有時也利用僅有的一點點零用錢去買書，以滿足自己的書癮。我看新文藝的散文、小說、翻譯小說、章回小說……簡直是博覽群書，卻生吞活剝，一知半解。初一下學期，學校舉行全校各年級作文比賽，小書迷的我得到了初一組的冠軍，獎品是一本書。同學們也送給我一個新綽號「大文豪」。上面提到高小時作文「貼堂」以及初一作文比賽第一名的事，無非是證明「小時了了，大未必佳」，更彰顯自己的不才。

高三時我曾經醞釀要寫一篇長篇小說，是關於浪子回頭的故事，可惜只開了個頭，後來便因戰亂而中斷，這是我除了繳交作文作業外，首次自己創作。

第一次正式對外投稿是民國三十二年在桂林。我把我們一家從澳門輾轉逃到粵西都城的艱辛歷程寫成一文，投寄《旅行雜誌》前身的《旅行便覽》，獲得刊出，信心大增，從此奠定了我一輩子的筆耕生涯。

來台以後，一則是為了興趣，一則也是為稻粱謀，我開始了我的爬格子歲月。早期以寫小說為主。那時年輕，喜歡幻想，想像力也豐富，覺得把一些虛構的人物（其實其中也有自己和身邊的人的影子）編出一則則不同的故事是一件很有趣的事。在這股原動力的推動下，從民國四十年左右寫到八十六年，除了不曾寫過長篇外（唉！宿願未償），我出版了兩本中篇小說、十四本短篇小說、兩本兒童故事。另外，我也寫散文、雜文、傳記，還翻譯過幾本英文小說。到民國一〇一年，我總共出版過四十種單行本，其中散文只有十二本，這當然是因為散文字數少，不容易結集成書之故。至於為什麼從民國八十六年之後我就沒有再寫小說，那是自覺年齡大了，想像力漸漸缺乏，對世間一切也逐漸看讀，心如止水，失去了編故事的浪漫情懷，就洗手不幹了。至於散文，是以我筆寫我心，心有所感，形之於筆墨，抒情遣性，樂事一樁也，為什麼放棄？因而不揣譾陋，堅持至今。慚愧的是，自始至終未能寫出一篇令自己滿意的作品。

為了全集的出版，我曾經花了不少時間把這批從民國四十五年到一百年間所出版的單行本四十種約略瀏覽了一遍，超過半世紀的時光，社會的變化何其的大：先看書本的外貌，從粗陋的印刷、拙劣的封面設計、錯誤百出的排字；到近年精美的包裝、新穎的編排，簡直是天淵之別。由此也可以看得出臺灣出版業的長足進步。再看書的內容：來台早期的懷鄉、對陌生土地的神奇感、言語不通的尷尬等；中期的孩子成長問題、留學潮、出國探親；到近期的移民、空巢期、第三代出生、親友相繼凋零……在在可以看得到歷史的脈絡，也等於半部臺灣現代史了。

坐在書桌前，看看案頭成堆成疊或新或舊的自己的作品，為之百感交集，真的是「長溝流月去無聲」，怎麼倏忽之間，七十年的「文書來生」歲月就像一把把細沙從我的指間偷偷溜走了呢？

本全集能夠順利出版，我首先要感謝秀威資訊科技股份有限公司宋政坤先生的玉成。特別感謝前台大中文系教授吳宏一先生、《文訊》雜誌社長兼總編輯封德屏女士慨允作序。更期待著讀者們不吝批評指教。

民國一〇三年十二月

目次

輯三 香江新印象

輯一　午後的冥想

午後的冥想

也許因為自己從小到現在都一直在過著熱熱鬧鬧的家庭生活之故；因此，我雖然也怕寂寞，卻也渴望著能夠嘗試到偶然孤獨的滋味，同時也更欣賞獨處的情趣。我總覺得：一個人在群居的時候是屬於大眾的，只有在獨處的時候才真正的屬於自己，也才能尋回自我。

正由於家裡太熱鬧，我很少有真正屬於自己的時間；於是，遇到全家人都外出，只剩下我獨自看家的時候，我就要好好地「享受」一番，當然，聽音樂一定是其中最重要的節目。因為，沒有人打擾我，我才能夠好好地欣賞；而沒有人在家，我把音量開大一些，也不至妨礙到別人。

有一個午後，全家人都外出了，只有我一個人獨守著空蕩蕩的公寓。這一天，天氣好得不能再好，亮麗的陽光灑滿了陽台，所有的花木都像鍍了一層金箔，閃閃生輝。藍天上閒閒地飄蕩著幾朵白雲，微風輕輕吹拂著，暖而不熱，使人感到有點懶洋洋。鄰居們大概還午睡未醒，四周還是靜悄悄的，我捧了一本書，坐在落地窗前，隨便翻閱著，一顆心卻似乎無法專注。

嗯，是的，是缺少了甚麼？這樣清靜而寂寥的午後，豈可無音樂？

恐怕我真的是太過擇善固執了吧？兒子們出國以後，留下了上千張的唱片給我，而我卻依然只喜歡聽巴哈、莫札特、布拉姆斯、蕭邦、柴可夫斯基、拉哈曼尼諾夫等人的作品，任由大部分的唱片冷藏在架上。在音樂的園地裡故步自封，多年來毫無進步，實在太不長進了。今天，由於四周太靜，我不敢選擇那些太吵人的音樂，覺得應該聽一些比較柔和的，就挑了拉哈曼尼諾夫的E小調第二號交響樂。這首交響樂的第三樂章特別吸引我，那淒美得令人落淚的旋律不但百聽不厭，而每次也都聽得蕩氣迴腸。

說到拉哈曼尼諾夫的音樂，我不禁想起了一部多年前看過、名叫《我永遠愛你》的電影。那還是剛來臺灣不久，在中山北路三段一家小小的電影院（名字忘記了）裡看的。好像是英國片，說的是一個少女暗暗戀上她的鋼琴老師——一位名鋼琴家的故事。兩名主角都是名不見經傳，但是飾演鋼琴家的卻是一位氣質非常高貴的中年紳士。他名滿天下，追求他的都是名媛淑女；在他的眼中，那名女學生只是一個黃毛丫頭，他怎會放在心上？少女明白自己的處境，也始終不敢向老師表達愛意，只有用琴音來傾訴思慕之情。我永遠忘不了她含淚彈奏拉哈曼尼諾夫那首柔情萬種的第二號鋼琴協奏曲第二樂章時的鏡頭。她哀怨欲絕的眼神以及如泣如訴、如怨如慕的琴音，至今還活鮮鮮地在我的記憶中。那是多麼含蓄而聖潔的愛！求之今日，豈可復得？

那時，我對古典音樂還是個門外漢，只覺得片中的音樂淒婉動人，跟那纏綿悱惻的情節非常相配，並不知是誰的作品。後來，對古典音樂涉獵漸多，才知道它的出處。這二三十年來，我喜愛過很多音樂家的作品，有很多樂曲我聽厭了便不想再聽，而對拉哈曼尼諾夫這一首鋼琴協奏曲的喜愛卻始終不渝，所以連帶對那部片子也念念不忘。後來，又認識了他的第二號交響曲。這首交響曲從開頭便相當悅耳動聽，不像有些交響曲只有一兩個旋律是好聽的。而第三樂章更是跟他的第二號鋼琴協奏曲的風格一樣，幽怨而悲愴，扣人心弦。從此以後，拉哈曼尼諾夫的第二號交響樂，便跟柴可夫斯基的第四、五號交響樂、布拉姆斯的第一號交響樂、西比流士的第一號交響樂等等一同列為我心愛的交響樂。

現在，拉哈曼尼諾夫第二號交響樂的第三樂章正在我的電唱機上演奏著，抒情的、如歌的、華麗的而又憂鬱的旋律，一串又一串地飄浮在寧靜的午後。透過落地大窗，溫煦的陽光把陽台上的花木照耀得像是透明似的，使得花兒紅得更艷，黃得更鮮，葉子也綠得更翠。我聽著，看著，心裡也覺得醺然欲醉。

手中的書不知何時已經闔上。是的，在寂靜無人的午後，有美妙的音樂可聽，有美麗的盆花可賞，此情此景，一本書豈不是多餘的？忽然間，我覺得自己很幸福，在生活節奏緊張的工業社會中，竟然能夠過著如此優遊的歲月，怪不得許多朋友都羨慕我的閒情逸致。

正在躊躇滿志、洋洋自得之際，我忽然又惕然而驚：我還沒有老，還不到在家裡安享清福的時候，假使人人像我這樣以這種悠閒生活而自滿，豈不是太浪費人力（我不敢自稱人才）了嗎？雖然，我從社會回到家庭的兩年半裡，也是從來不敢懈怠過，始終沒有放鬆自己，一直沒有停過筆。我寫作、讀書、練字、學畫，每天都把日子填得滿滿的。不過，比起那些還在社會上服務的朋友，我也依然是個閒人。

跟現在的「閒」相比，我也曾有過一份整整五年都不能離開崗位一刻的可怕工作。那份工作並不忙，但是辦公時間很長，別人下班了，我還得守在辦公室裡，別人放假了，我還得上班。在那五年裡，我無法參加任何在上班時間內舉行的社交活動，就像個站崗的衛兵一樣，每天在一定的時間內都得守在辦公室裡生根。那時，我才真是羨慕那些不必上班，可以在家裡納福的朋友。

我是個性格很矛盾的人，我的求知慾很強，有野心，也希望往上爬；然而，我又不屑鑽營，從來不肯為求名利而付出任何代價。我不喜歡擔任負有重任的工作，最理想的工作是做一名上班下班的中級職員，（這樣怎算有野心？又怎能往上爬？）沒有精神壓力，沒有心理負擔，平平穩穩、輕輕鬆鬆地過日子，我覺得這樣的人生就很愜意，雖然也許有人認為那太沒出息。

現在的公務員就正是我羨慕和嚮往的對象。他們的工作有保障，有考核制度，有升等考試，待遇也合理。固然靠著那份薪水不能過豪華的生活，起碼豐衣足食卻不成問題。住有宿舍；上下班有交通車；食米和好些配給品送到家裡；子女就學有教育補助；生病了有公保可以就醫；日用品有福利中心廉價供應；育樂方面一年有兩次自強活動可以免費旅遊；退休了，一筆退休金足夠頤養天年。平日，公務員每天上班八小時班，固然相當辛勞；可是他們有休假制度，每年可以休假半個月，要是不休假，平日有事便可在休假的日數中「支取」，行動方便，不必受上班時間的約束。政府對公務人員照顧得如此周到，真是羨煞我們這些一輩子不曾當過公務員的人。在私人機構中工作，不但沒有制度，也沒有保障。就算在同一機構中做上十年二十年也不會有一天慰勞假，想起來真是好不令人傷心。

以我這種一身傲骨的舊式讀書人性格，既不求聞達，又不喜逢迎，卻是奉公守法、忠於職守的人，本來是最適宜作一名普普通通的公務員的；可惜我沒有這種命，白白在私人機構中工作了二三十年而沒有取得任何資格。同時，也由於自己的臭硬脾氣，不願意運用手段去追求名利，以至活了大半輩子尚一事無成，而且提早做了閒人，也才有今日的「清福」。塞翁失馬，到底是福是禍，我自己也說不上來。思維像一匹脫了韁的野馬，海闊天空，一縱千里。唱片不知甚麼時候已經自動停了，拉哈曼尼諾夫淒美的音符早已在空氣中消逝得無影無蹤（不過還縈迴在我的耳畔和腦海裡）。陽台上原來白花花的陽光已漸變暗淡，像是褪了色的K金飾物，不再亮麗炫人。一個寧靜的下午將逝去，我獨處的辰光也快要結束。不久之後，我的家人又將陸續歸來，家中又是一片熱鬧；於是，音樂、往事、閒情、理想、胸中的一些塊壘……都將通通消失，自我也將隱去。我又是一個快樂家庭中忙碌的主婦，馬上得繫起圍裙，到廚房中跟刀、杓、鍋、鏟為伍去了。

成千張的唱片依然密密麻麻地豎立在架子上；晴天裡我每日可以看到陽台上亮麗的日影；盆中的花木也是日日向我含笑；但是，我卻必須等到另外一次獨處的機會，才能夠再作一次野馬式的冥想。這種機緣，這種感受，也是可遇而不可求的。

（中央副刊）

空白

空白，為甚麼我近來的日子過得一片空白？空白得就像一張未著一字的白紙、一捲沒有錄進任何聲音的錄音帶、一張忘記了開快門的底片。除了吃飯、睡覺以及做例行的家事以外，我似乎甚麼也沒有做，白白讓光陰一分一秒地流逝，使得我痛心無比。我原來是個對時間十分吝嗇的人，從來不曾浪費過一分一秒，也從來不曾放縱過自己，讓自己享有任何遊手好閒的一刻。那麼，這一陣子為甚麼又讓自己過著這種天天放假的日子呢？

天氣酷熱（啊！這個可怕的微風不生的臺北盆地）固然是主要的原因，它使得人提不起精神做任何事。然而，每年也都有夏天呀！往年我都沒有這種情形的。是為了生活的平淡，很久都沒有參加任何社交活動嗎？似乎也不是。我不是那種熱衷交際的人，有時甚至喜歡孤獨。再說，平淡而刻板的生活我已過慣了，我對自己的幾乎能夠「隱於市」，反而有幾分自豪。這一切，都不是我感到空白的理由。

一本赫塞的《玻璃遊戲》中譯本放在案頭很久了，還是看了不到一半。赫塞這本獲得諾貝爾文學獎的傑作真是艱深難懂，它包羅了神學、哲學、科學、音樂、文學之大成，還引用了我們的易經。有的地方很晦澀，有的很沉悶，所以我看得很慢。開始的部分還比較容易接受：書中主角的少年時代以及那位老音樂師多可愛！可惜，這位神童在進入中年，升上高位之後便不太可愛了（誰又不是呢？）。因此，我把這本書暫時收起來，準備等到以後興致來時再看。

在苦熱中，我又找到了一本懸疑、緊張的英文小說《公平的遊戲》*Fair Game*（又是「遊戲」，多麼奇怪的巧合！）來消暑。它的開頭太吸引我了！一個平凡的圖書館管理員，不幸被一部電腦選中，變成了一場瘋狂的遊戲中的犧牲者。我喜歡看這一類的小說和電影，正如一般人沉迷武俠小說一樣，是為了找刺激。可是，這本小說的一些可怕的、不人道的描寫，又使我有不忍卒睹之感。我對它的興趣消失了，就不打算再看下去。

爬格子，本來是我最大的精神寄託；然而，正像這一段空白的日子一樣，我的頭腦也一片空白、完全真空。沒有靈感，沒有寫作泉源，寫甚麼好呢？我已經有很多天沒有動筆了。一想到自己近來的廢耕（筆耕也），這才恍然大悟：我這些日子的空白，這些日子的忽忽如有所失，原來只是由於沒有跟筆桿和稿紙親近之故。

多可憐啊！三十年來喜歡舞文弄墨的結果，已成了騎虎難下、作繭自縛。只不過停筆半個月，就彷彿失去了生活的意義。「便一日不思量，也攢眉千度」，「衣帶漸寬終不悔，為伊消得人憔悴」，這種心情，又多像戀愛的滋味。

王國維在《人間詞話》中論到成大事業大學問的三種境界，「衣帶漸寬終不悔，為伊消得人憔悴」，我正是其中第二種。我爬格子已爬了三十年，十幾年前已經對寫作有「衣帶漸寬終不悔」之感，十幾年後的今日，仍然未改初衷。這到底算是擇善固執，還是沒出息、不長進呢？甚麼時候我才能到達「眾裡尋他千百度，驀然回首，那人卻在燈火闌珊處」這高超的第三境界呢？癡愚如我，恐怕很難吧？

自從和筆墨結了不解之緣之後，它給予我的感受可說是苦樂參半。遇到文思泉湧，一瀉千里之際，那份得意，那份豪情，真是難以言喻。要是碰到文思枯澀，腦海中一片空白（就像我這段日子），面對稿紙，半天擠不出一個字；這時，一種江郎才盡之感，又會使得自己苦惱不已。我相信，這種苦樂參半的滋味不但文人如此，凡是從事創作的藝術家也必定如此。藝術就是要嘔盡心血的。「春蠶到死絲方盡」、「語不驚人死不休」，正是為我輩而詠。

現在是星期日的上午，家人都外出尋樂去了，我一個人在家裡，坐在臨窗的書桌前。天陰多雲、涼風習習，似乎並不怎麼熱，心境也因之而感到恬適與喜悅。我要把在這一段空白日子裡的感受訴之於紙筆的構想已醞釀了好幾天了，這時，醞釀成熟，水到渠成，果然，一下筆就源源不絕，暢順無比，使我又拾回我的信心，也感到非常快慰。

這一篇〈空白〉，填充了我這一段空白的日子，也是這一段空白日子中唯一的收穫。但是，它能夠填充多久呢?空白之後又會有空白，人生原來就是由一連串的挫折、失意和顛躓組成的，怎能期望它永遠順利、滿足和充實。

（中央副刊）

看海

在海邊住過的人對海總是有著一份濃烈的感情。自從移居到臺北這個四面環山的盆地裡來以後，三十年來，我還是不時的要到基隆、野柳或者淡水這些靠海的地方去走一走。不為別的，就是為了想跟海親近一下，聞一聞海水的鹹味，聽一聽海波的低吟，享受一下海風的清涼。

從前，我們帶孩子去，是要孩子跟海做朋友。那時，他們還不曾學會游泳；但是，看見他們光著腳丫子在沙灘上互相追逐，在淺水中互相潑水，小臉蛋被太陽曬得紅撲撲的，銀鈴似的笑聲此起彼落，也覺心中充滿了喜悅。

如今，孩子們都已長大，離開了我們。有時，我又興起了看海的念頭，就跟老伴一同去。那天，我們在淡水的海邊，就消磨了大半天。淡水真是一個古風猶存的小鎮，在那條長而狹窄的中正路上，兩旁的屋子和店鋪大多數還是二三十年前的樣子。雖然大街上各式車輛川流不息，行人中也不乏時髦女郎；可是，不知怎的，也許它跟臺北太懸殊了，我仍然不自禁地勾起了思古的幽情。

我們在中正路外側的海濱小路上漫步著，走累了，就在路旁已經完全生銹的鐵椅上坐下來休息。背後，是一些舊式平房，小小的院子都種滿了花草。這些人家，開門就可以看見海，還可以看到對岸的青山，真是令我們這些住在紅塵十丈的都市人羨煞。

嚴格地說，現在我們腳下的水還不能算是海，這只是淡水河的出海處而已。可是，我們已聞到了海水的鹹味，（哦！好香！）也遙遙望到了一望無際的大海，這裡的河水，已跟海水混和了，就權當它是海吧！

岸畔，有不少閒情逸緻的釣魚人。釣魚，真的需要有很夠涵養的功夫才行。看他們默默坐著好整以暇地等待魚兒上鈎，就不是我這個急性子的人做得到的。「坐觀垂釣者，徒有羨魚情」，我忽然想到了孟浩然的這兩句詩。這些垂釣者，似乎都是「釣翁之意不在魚」，我這個旁觀者又何必打魚兒的主意？

今天的天氣真好，雲淡風輕，不冷也不熱。腳下的海濤輕輕拍著岸，發出了一種有韻律的聲音，聽來十分悅耳。海濤和松濤，本來就是最美妙的天籟。

我們都沒有說話，各自陷入沉思裡。我不知道他在想甚麼，我卻是甚麼也不想。如今，已到了那種無夢也無歌的年紀，襟懷早已十分恬淡，除了寫作前的構思以外，似乎也沒有甚麼可想的。頭腦一片空白，胸中全無塊壘，這種現象，又到底是可喜還是可悲的呢？

清涼的海風輕輕吹拂著，海水飄送著鹹鹹的氣息，海濤在腳底下低低吟唱。這裡，只有拙樸的村舍、生銹的鐵椅，還有志不在魚的垂釣者；而腳下的海面又飄浮著一些塑膠袋、破布、枯枝之類。老實說，這裡的景色一點也不美好。然而，在這裡閒坐一兩小時，我的心靈卻也獲得了一份怡悅與寧靜，只因為我已看到了海，也親近了海。

（中華副刊）

燕居小記

草坪上

我們這個社區裡靠著河堤的那片草坪上的青草長得越來越茂密了，而這裡也成了這一帶居民休閒和納涼的所在。早上，主婦們利用這裡作曬衣場，讓陽光把一張張洗得潔淨雪白的床單和被單曬得又乾又挺。傍晚，孩子們聚集在這裡打球、放風箏，他們的嬉笑聲使得每一個散步到這裡的成人都感染了一份歡樂。

說來慚愧，我家雖然就在草坪的旁邊，但是我卻很少去享受這片綠地，因為我的事情似乎老是忙不完。有這麼一個早上，居然甚麼事也沒有，而剛剛學步不久的小孫女又吵著要出去玩，於是我就自告奮勇要帶她出去。儘管她在家裡生龍活虎般又蹦又跳，爬上爬下，但是一出門就不肯走路，非要人抱不可。我沒有力氣，抱不動她，就帶她到草坪上，把她放下，任由她坐在草地上採摘那些小小的野花。

小傢伙玩得很起勁，自得其樂。我坐在一塊石頭上，沐浴在暖陽下。草坪上一片碧綠，點綴著無數鵝黃淡紫的小小野花；河堤上新植的垂柳迎風招展；遠處的青山對我含笑。忽然間，一種幸福之感包圍著我：此情此景，如此寧靜，如此和平，而我卻是景中的一份子，豈非三生有幸？更何況，我在這種景中已生活了三十年之久，而且還要生活下去？一想到這一點，我就不禁默默的感謝上蒼。

雨中的琴聲

臺灣的雨季總在春末夏初的五月來臨。本來，這是最理想的郊遊季節，可惜都被雨水糟蹋了。

今年的雨季來得比較遲，也結束得比較晚。多惱人的天氣！日以繼夜淅淅瀝瀝地下個不停，連綿一個多月，到處都是濕漉漉的，使人只好躲在屋裡。

我坐在窗前讀書，雨絲斜斜地飄到我的書桌上，把書頁打濕了，我只得把窗門拉攏，閉關自守。還好，窗門雖關上，卻沒有把對門的練琴聲關在外面。那位練琴者可能只是初學，彈的是都是簡短的曲子，要是偶然彈一首蕭邦的練習曲，我這個免費的聽眾便如獲異寶。

今天，在這種灰暗濕潮的天氣中，只要有鋼琴琤琮聲可聽，我就十分滿足了。即使彈的只是音階，伴著雨聲，不也是另有一番情趣嗎？

窗外的雨聲滴答滴答地響著，對門的琴聲叮噹叮噹地彈著。「紅樓隔雨相望冷」、「畫堂人靜雨濛濛」、「小樓一夜聽春雨」、「雨足郊原草木柔」……偶然想起了一些前人詠雨的詩句，雨，不但不再可厭，而且也似乎挺有詩意的。

為樹叫屈

今年年初，永和市的堤防上和整條福和路都新植了兩排柳樹，市容為之生色不少。據說是兩位熱心市民捐贈的，總數有兩千多棵。在薪水階級的我們說來，這也算得上是大手筆了。

堤防上種植了兩排新柳，細嫩的柳絲隨風搖曳，的確有美化之功。但是，種在馬路旁的，卻不見得怎麼起眼。也許是因為馬路兩旁的高樓太高，相形之下，使得那些柳樹的樹苗顯得更加瘦小吧？每次路過，我雖然也忍不住要多瞄它幾眼；然而，每次都引不起我的美感。因為在這種紅塵十丈、車如流水的大馬路種植垂柳，似乎太不相襯了。垂柳，原是應該種在溪邊和湖畔的。

現在，那些可憐兮兮的小少柳樹，蒼白的葉絲積滿了車塵，它們的柔枝不是被商店的招牌所遮擋，就是跟電燈柱擠在一起；而它們腳下的泥土又只有一尺見方。在這種不良的後天環境中，又叫它們怎能茁壯長大呢？在一尺見方的泥土中生長的樹木，就像關在籠中的鳥獸一樣，同樣是令人替它們叫屈的。

（新生副刊）

夏天裡過初冬

真是做夢也想不到，在寶島七月的盛暑裡，我居然享受了一日一夜的微寒的初冬氣候。我並沒有浪費能源，把家中的冷氣機日夜開到強冷的程度；事實上，我只是登上了海拔兩千多公尺的鞍馬山而已。

當我和朋友們離開了氣溫高達三十六、七度的臺北盆地，來到地勢略高的東勢鎮時，已經感覺到涼風習習，溽暑全消。等到車子在大雪山林場的產業道路上向東駛上鞍馬山上去時，天氣更是越乘越涼快。逐漸到達目的地時，大家紛紛披上毛衣，仍然覺得輕寒悄悄。這種氣溫，真像臺北的初冬。

完全用堅固的木頭築成，外形原始而純樸的林務局招待所的客廳有一個大大的壁爐。那個晚上，我們圍坐聊天，雖然夏天裡用不著升起爐火；然而，我還是在想像著木柴必剝有聲，爐火熊熊那種北國寒夜的情調。

入睡時，氣溫更低了，蓋了一床厚厚的棉被居然不感到熱。在臺北，即使寒流壓境，我也不蓋這麼厚的棉被的。

山上的夜靜極了，可是我這個無福的人卻因為換了床而徹夜睡不著。天色才濛濛亮就爬起來，為了不想辜負山上的清晨，我們早早就出門去。啊！好清新的空氣！這裡的天空也真的似乎比山下的要藍一點。

站在一處崖邊，只見群山環列腳下；但是，無窮無盡的遠山卻又高聳在天畔。遠山是藍色的；近的山卻是蒼翠欲滴，下面的山谷更是綠得深濃。這裡不是觀光遊樂區，沒有人工的修飾，也沒有什麼古蹟、名勝，不過卻比一般的觀光遊樂區清靜而可愛得多。

載我們去遊覽的車子在山路上飛駛著。峰迴路轉，層巒聳翠。山上到處都是參天的古木，這廣大的森林就是國家的重要資源之一。寶島的高山處處都長滿了有用的木材，真是令人欣慰而又有點驕傲。

一棵樹齡高達一千四百年的神木——紅檜，以四十九公尺的雄姿在深山屹立著。在這位樹的巨人之前，我只感到人生的短促以及自己的渺小。

也許是由於山上氣候寒冷之故，應該是在春天開花的杜鵑仍然處處可以看得到。劍蘭、大理花、野百合更是把山上點綴得萬紫千紅。有一種名叫毛地黃的植物，花朵是一串紫色或者白色的小鈴鐺，非常可愛，也長得漫山遍野。

山上的花雖然開得很燦爛，住在山上的人可是寂寞得很的。大雪山林場鞍馬山工作站的員工，忍受著山上冬天的嚴寒以及對外交通的不方便，幾乎是以一種奉獻的精神，默默地站在自己的崗位上工作著。這種敬業的態度，比起那些只肯在都市中就業而不願到農村去的人，實在是令人肅然起敬。就好像我們吧，雖然每個人都羨慕山中歲月的清靜，可是大家又都各有事情等著要回去處理，逗留了不到二十四小時，便不得不匆匆賦歸。所謂俗務羈人，正是我們這群世俗之人的寫照。

我們依依不捨下山去，從車窗內，望見遠處山峰上一道如帶的白雲，那多像一幅水墨繪成的山水畫呀！我們自己曾在圖畫中，如今卻要離開這幅圖畫了。高山遠去，森林遠去，漸漸，我們又已置身平地。路旁結實纍纍的梨樹，豐收的稻田，又是另外一番景色。寶島不但風光美麗宜人，而且土地肥沃、物產富饒，真可說是海上的仙山、洞天福地。

從山上來到平地，氣溫也驟升了十幾度，涼快了一晝夜，如今又要汗流浹背。我們，從初冬回到盛夏，也從天上來到人間。一想到幾個鐘頭又要回到臺北的酷熱和塵囂裡，竟然有點不甘心。

（新生副刊）

夜與晨

夜是神祕的、羅曼蒂克的，也是詩意的。

當夜之女神把她輕盈的黑紗往大地上一撒；於是，夜色就變得那樣迷濛，那樣幽深，彷彿隱藏著億萬年來的奧秘，而那奧秘竟是無人能解。

然而，在那星月交輝，或者繁星滿天之夜，景色又是何等絢麗璀璨！「春江花月夜」、「春夜宴桃李園」、「月上柳梢頭，人約黃昏後」，舉杯邀月，秉燭夜遊……古往今來，良夜無數，想起來便覺心醉。

夜宜雨。冷雨敲窗，錦被難溫，此情此景，正是一種淒寂之美。

夜宜雪。雪夜擁被讀書，一燈熒然。那是一個寂寞的靈魂所能享受到的至高無上的境界。

夜宜寒。「寒夜客來茶當酒」，「晚來天欲雪，能飲一杯無」；在寒夜裡，良朋三五，圍爐共飲，不知東方之既白，也是人生一樂。

夜雖然如此美好，可是也有可怕的一面。月黑風高的夜晚，便會令人想起了鬼魂、樑上君子、鼠輩、黑店，以及種種見不得天日的勾當。

幸而黑夜不會長駐，當它一秒一分地消逝，黎明漸漸來臨，光明戰勝了黑暗，太陽再度君臨這個世界時，又是另外一番景象。

玫瑰色的朝暾把大地上的萬物都染上一層淺紅色，到處洋溢著一片喜氣。微涼的晨風吹醒了每一個瞌睡的靈魂，枝頭的小鳥開始了清晨的歌唱。這時的空氣是未經污染而芳香的；隔夜的露滴像顆顆水晶珠那樣綴在樹葉上、花瓣上和小草上閃爍著。

早晨是光明的、清新的、朝氣蓬勃的。

經過了一夜酣眠，養精蓄銳之後的人們，這個時候的精神和體力都是處在巔峰狀態中，而頭腦也最清晰。所以，這個時候最適宜於處理或從事重要的工作。古人說的「一日之計在於晨」，真是至理名言。但願人人都能珍惜早上的每一刻大好光陰。

無論你喜愛富於情調的黑夜，抑或是歡樂美好的清晨，黑夜與清晨都是互相更替的。黑夜是白天的前奏，早晨是夜晚的延續。日以繼夜，夜以繼日，地球永遠在轉動，生命永遠在長成。又因為人類有了文化，所以我們才有永恆，有真理，萬古也才不至於有如漫漫長夜。

英國的詩人雪萊有兩句名詩：「冬天來了，春天還會遠嗎？」對那些討厭黑暗的夜晚而歌頌光明的清晨的人，讓我把雪萊的這句詩略為篡改一下吧：「黑夜來了，清晨還會遠嗎？」

（聯合副刊）

見微篇

酒櫃與書櫃

這個題目，似乎是老生常談，就是我自己，在十多年前也已在文章上談過。儘管如此，十幾年來，家家戶戶的客廳裡，仍然是只見酒櫃而不見書櫥，因此，即使再談，應該還是值得的吧？

在十幾年前，在客廳中擺得起酒櫃的，大概都是中上人家。如今，新式公寓到處興建，擁有幾間不動產的人越來越多，加以國民收入普遍提高，生活方式也邁向國際水準。既然買了新房子，少不了要裝潢一番，由於大家在這方面並無專業常識，多數是人云亦云，相習成風，於是酒櫃變成了每個人家客廳的主要裝飾，真是令人為這種現象耽憂。

在客廳中擺一個酒櫃，裡面陳列著一些高級洋酒、水晶杯盤之類，是表示主人能飲，還是買得起洋酒呢？這對下一代有甚麼啟示作用？是要他們將來也嗜好杯中物嗎？

要是把酒櫃改為書櫥，既表示主人是飽學之士，又可使子女在耳濡目染之中學會了愛書，養成他們讀書的習慣。而且，書籍也是一種財產，它的價值比洋酒不知高了多少倍，又除了可供給人無限的知識外，更可傳之後世。而酒，多喝不但可以傷身，又只是一種消耗品而已。

兩相衡量，書既是無價之寶，又可以提高主人身分。一般人為甚麼還是寧願要酒櫃而不要書櫥呢？我不懂。

電影與書

到一輪影院去看電影，票價八九十塊錢，影片未必合意，有時又被剪得七零八落。大家都在埋怨票價太高，電影不好看；可是，電影院前還是常常排長龍。書店裡，顧客似乎真不少。每一個書架前都站滿了人，大家好像都在聚精會神的挑選好書。然而，當他們翻到封底的版權頁，一看定價五十元，便暗暗說一聲「太貴了」，把書丟下，掉頭便走。

五十元一本書真的太貴嗎？那麼八十元一張電影票又如何？花八十元去看一場電影，頂多消磨了一小時半到兩小時。要是碰到好的片子，可能會得到一些東西；壞片子則說不定會有壞影響。但是一本五十元的書（這是經過你自己挑選的好書），卻可以陪伴你渡過多少寂寞的時光，給予你心靈多少的安慰？而且，這本書看完了還是你的；而那場電影，看完了就是過眼雲煙。

到底是八十元一張電影票值得，還是五十元一本書值得呢？這豈不是一題最簡單的算術？

月曆的選擇

又要談客廳了。

我發現一般家庭中對於掛在客廳的月曆的選擇太漫不經心了。固然，我們不能要求每個家庭都懂得藝術，不過，也希望他們的選擇不能夠太過庸俗。

一般家庭中最常採用的都是電影明星的月曆。這些電影女明星，個個濃粧豔抹、奇裝異服、搔首弄姿賣弄風情。把她們高掛在客廳的牆頭上不但顯出這個家庭的人毫無藝術修養，甚至對子女都有不良影響。男孩子會在無形中把她們當作夢裡情人，長大後也可能在下意識中選擇這類的女性作妻子。女孩子更會把她們當作偶像般崇拜，刻意摹仿她們的外表，長大後也很可能變成虛榮浮華的女子。

所以，不要以為掛一幅月曆是小事，它對一個家庭氣氛和對子女家教都是有著重大影響的。

其實，除了明星和美女月曆以外，各式各樣的月曆多的是。像名畫的，可以使家人得到藝術的薰陶；風景的、花卉的，可以使家人怡情悅性；古代文物的，可以使得家人學習認識自己國家的文化；以嬰兒照片為專題的，可以使家人得到真正美的感受。真的，可以採用的月曆多的是，何必一定要選擇那些忸怩作態的「美」女月曆，被人誤會你是個「好色之徒」呢？

（中央月刊）

何以解憂

誰不會有過失意、挫折、痛苦、憂傷、煩惱的時刻？誰又不曾嚐過孤寂無俚、繞室徬徨的滋味？既然「人生愁恨何能免」，那麼，又將怎樣去排遣這份無可奈何的情懷呢？「何以解憂？唯有杜康」，以酒澆愁，大概是古往今來最普遍的一種方式了。「一醉解千愁」，「醉鄉路穩宜頻到，此外不堪行」，「五花馬，千金裘，呼兒將出換美酒，與爾同銷萬古愁」。酒，在騷人墨客的筆下，似乎真是解愁良藥。可是，「舉杯消愁愁更愁」，黃湯灌多了，只恐「酒入愁腸，化作相思淚」罷。

有人在心煩時去作聲色之娛；有人去看一場電影；也有人去大吃一頓的。這種做法，與以酒澆愁一樣，無非是想獲得感官一時的麻醉，以忘卻心頭的不快而已。西方人士在心情苦悶時往往去開快車、騎疾馬，或者從事劇烈運動，企圖藉體力的消耗來宣洩心中的積鬱；然而，這也只是暫時性的。

曾國藩說過：「近來每苦心情鬱悶，毫無生機，因思尋樂，約有三端：勤勞而後憩息，一樂也。至淡以消心，二樂也。讀書聲出金石，三樂也。」英國作家毛姆也說過：「對消除煩惱，工作比威士忌酒更有效。」用勞動、讀書、工作來解憂，無疑地比感官一時的麻醉容易奏效得多。

前些日子，不知何故，一向豁達、喜歡嘻嘻哈哈的我，竟有好一陣子情緒陷在最低潮，但覺抑鬱寡歡、一無是處，就獨自一個人很俗氣地跑進一家電影院。片子是久已聞名而一直沒有機會去看的《真善美》；景色之瑰麗、故事之溫馨，果然名不虛傳，而歌聲之悠揚悅耳，繞樑又何止三日？走出影院，胸中的塊壘似乎真的消失了，而片中那幾首熟悉的歌，我更是一直哼來哼去，幾乎有半個月之久。其中，那首主題歌的最後一段，尤其引起我的共鳴，使我反覆吟哦：

我心寂寞時，我就到山上去，
我知道我會聽見以前聽見過的；
音樂之聲將為我的心祝福，
我又將再唱歌。

我家附近只有河而沒有山，而且我也不會那麼瀟灑一個人跑到山上去。可是，我也愛好音樂，我的心中也有歌。儘管我的歌喉已經瘖瘂，然而我還是可以低低吟唱，唱給自己聽，唱出我心中的煩憂呀！

這時，我不禁這樣想：假使我會彈奏一種樂器，會作畫，會雕塑，會任何一種手工藝，有任何一技之長，那還怕甚麼寂寞、憂愁呢？遇到情緒不佳時，把自己關在工作室裡，埋頭創作，一切愁苦，自然會拋到九霄雲外。

還有，去旅行一趟，讓青山綠水洗滌你的胸襟；聽聽唱片，讓音樂淨化你的心靈；種種花，從枝葉間得到美的薰陶；跟孩童或者小動物親近，欣賞那份可愛的天真無邪；平日為自己培養一份高尚的嗜好如集郵、攝影、下棋、研究書法、做女紅等，也都是忘憂消愁之道。

何以解憂？何必杜康呢？

（中央副刊）

玲瓏望秋月

月亮對我一向沒有甚麼吸引力，因為它太單調、太缺乏變化了。既沒有太陽的光芒萬丈、多姿多采；也比不上星星的閃爍璀璨，引人遐想。因此，我儘管對大自然的一切都非常迷戀，唯獨對詩人墨客爭相歌頌的月亮，沒有多大興趣。

尤其是住在秋天多颱風的寶島上，每年的中秋夜不是雲掩月就是月朦朧，更使我對賞月提不起興致。

沒想到，去年農曆的九月中旬，卻讓我在無意中發現了秋月之美。我本來是不大知道農曆的日子的，那幾晚，每當晚飯後走到後陽臺上，一抬頭，就看到一輪初升的圓月。由於那一陣子天氣晴朗，萬里無雲，雖然已經入夜，天幕卻還是深藍色的。在這深藍色的天幕上，就懸掛著晶瑩剔透有如羊脂玉般的明月，銀光灑遍了後巷。因為月圓，我知道是中旬；又因為中秋才過不久，所以我知道是九月，這時，我才領悟到古人為甚麼把秋月和春花相提並論。春天的花朵固然是一年中最美好的，而秋天由於天高氣爽的關係，這個季節裡的月亮，也是一年中最明朗最澄澈的。

連續幾夜都有當頭明月可看，這使我覺得很快樂。每次在看月的時候，都希望想出一些適當的詞兒來形容一下它的美麗，可惜腦海裡想出來的總不外是「明鏡」、「銀盤」、「水晶球」、「夜明珠」、「玉魄」等等前人用過無數次的字眼，真是恨煞了自己的才拙。不過，無論如何，去年那幾夜的連續看到玲瓏的秋月，總算改變了我對它的印象。而且，月亮是人人都看見過的，你只要隨便說一句「床前明月光」或者「海上生明月」，聽的人的心目中，自然會浮現出一輪清光滿溢的圓月，事實上也不必我輩酸腐文人多加描繪了。

如今，又是一歲之秋，說也奇怪，我竟然有點急不及待地想看明月。但願今年也像往年一樣，抬頭便可以看到玲瓏的秋月；也願天下的有情人都能長久千里共嬋娟；更願關在鐵幕中的親友，也能夠同時看到海上升起來的一輪明月。

（新文藝月刊）

海濱一夜

當車子離開了墾丁公園的大門，向東駛去，走進了一處幽靜的住宅區，然後停在一幢奶油色的平房面前時，我和同行的朋友們都不禁驚喜地叫了起來。這是我們，將要停留一夜的海濱別墅哩！沒想到它竟然如此小巧可愛！

說它小巧，也不盡然。相當寬大的客廳，兩間面積不算小的房間，而它的浴室更比都市公寓中的浴室大一倍。也不知是由於保養得好還是海邊沒有灰塵，屋子裡面非常清潔，簡直可以說得上是纖塵不染。啊！後免還有個小小的陽臺，隔著一道種滿小樹的草坪，下面就是沙灘和大海了。此時，我已聽見了海濤的低吟，似乎在歡迎來客。

一看到海，大家的童心就都恢復了。紛紛踢掉鞋子，捲起褲管，赤腳奔下沙灘。腳底下的沙子好白好細，踩在上面，軟軟的，好舒服！那種感覺，勝似走在價昂的長毛地毯上。

空氣中充滿著海水鹹鹹的氣息，好香！今天，天氣晴朗無風，海水平靜，溫柔的海濤緩緩地輕輕地一下一下的吻著沙灘。每一次漲起來的海潮都像是一幅舖在沙灘上巨大無比的鑲著白色紗邊的綠羅裙，那是海之女神的裙裾嗎？

海之女神還擁有無窮無盡的寶藏哩！你看，沙灘上遺留著多少美麗的貝殼和石子！不知是誰首先發現了這些寶藏，於是，每個人立刻就像孩子似地紛紛彎下腰去尋寶。有人喜愛那些奇形怪狀的朽木和巨石；也有人專門挑選渾圓的卵石；但是我卻專從小處著手，我只要色彩鮮麗的小型貝殼和小巧的石子。於是，不久之後，我的手帕就兜滿了各種形狀的貝殼和小石，淡紅、淺紫、澄黃、灰藍、雪白……，五彩繽紛的，全都是大自然的傑作。大的不超過一個鴿蛋，小的比一顆黃豆還小。也許，它們只是一枚貝殼的碎片，也許，它們不值分文；可是，在我的眼中，卻是無價之寶（可不是？它們是海之女神的珠寶呀），我不知道那些貝殼的名字，回家以後，特地在百科全書裡談到貝殼那一頁的圖片上對照，可惜卻沒有一個是吻合的，大概是因為東西方品種不同之故。

夜裡，這兒靜極了。我猶在潔淨的床上，聆聽著不遠處輕柔的海濤聲以及牆角蟋蟀的低吟，卻是遲遲不能入睡。我跟很多人一樣，換了床，換了環境，便難以成眠。我們這些典型的都市人，恐怕多少都患有輕度的神經衰弱症吧？

雖然一夜無眠，第二天我卻比誰都起得早（早？日出的奇景都錯過了）。搶先跑下沙灘，原來比我早起的人多著哪！有一二十個年輕的男女默默地盤膝坐在沙灘上，起初我還以為他們看海看得那麼虔誠，後來才發現他們是閉著眼睛的，原來是在默禱，只不知他們是屬於甚麼宗教的。

有兩個漁人在收攏昨夜便已撒好的網，只見兩尾活鮮蹦跳的大魚和無數小魚、蝦、蟹都已成為他們的俘虜了。看他們的穿著與談吐都不像職業的「討海人」，大概是住在海邊的居民，把打魚當作副業或者作加菜之用吧！

早晨的海灘空氣分外清新，海風也特別清涼。望著綠波閃閃的大海，真是恨不得長留在此。可惜，來去匆匆，只不過一個下午和一個晚上的時間，我們便得賦歸了。為了要多留下一些美好的回憶，我們請司機把車子開到入口處等候我們，而我們則漫步在綠蔭掩映、野花夾徑的紅磚道上，緩緩地離去，目的只是想多看大海一眼，多親近一下這南臺灣海濱的勝景。

（中央月刊）

雨夜，在台北

除了去聽音樂會或者看舞蹈表演等等之外，我一向極少獨自夜遊。而今夜，在只有攝氏十五度的瀟瀟夜雨中，我竟然獨個兒站在南京東路三段一處頗為幽暗的人行道上等車。我說幽暗，指的只是馬路這邊沒有房屋的一小段人行道。而馬路對面，相連著的兩家觀光飯店的門口卻是光如白晝，衣香鬢影，賓客如雲。今夜是週末，那兩家觀光飯店都各有幾家人在辦喜事。現在是九點不到，喜筵都到了尾聲，也正是那些酒足菜飽的賀客們賦歸的時刻。

剛才，我也是那些賀客中的一個。在那個喜宴上，我只認識新娘的母親，而新娘也只是十多年前她還是個小學生時見過面；在那種場合裡面，可說是個徹頭徹尾的陌生人。從前，我很怕這種場合，看著別人言笑晏晏，而自己卻是這麼孤獨，就覺得很難堪。現在呢？我才不作這樣想。同桌的人誰都不認識，反而省卻一些無謂的交際應酬；只要臉上一直掛著禮貌的微笑，靜聽別人說話（也可以猛嗑瓜子），便不至失禮，那又有甚麼不好呢？不過，在這種場合中也相當無聊，就想半途開溜，因為看見大家都還端坐著，又怕新岳母挨桌敬酒時發現我不在不好意思，便只好乖乖的耗在那裡，好不容易看見別的桌上有人離席，就趕緊向同席的人告退。還好，這時一對新人和雙方的家長都已在電梯口一字兒排好，準備送客了。

在飯店門口上百的雨傘陣中找回自己的小花傘，站在濕漉漉的走廊下，望著細雨濛濛中車陣過去車燈閃耀恍如無數金蛇飛舞的大馬路，忽然興起夜遊的雅興。剛才在悶熱而喧鬧的酒席上坐了兩個小時，此刻一點也不覺得冷，而夜還未央，何必急著回家去呢？

一面躊躇著，一面就跨過了馬路。這裡，跟馬路對面彷彿是兩個不同的世界。一堵高牆擋住了後面房屋的燈光，形成了一個黑暗的角落，使得孤獨一個的我有點心慌。正因為是下雨天，每一部經過的計程車都載著客人，想找一部空車並不容易。這時，一部幾乎全空的公車駛過來，它是駛向我回家的反方向的；不過，殊途同歸，繞一個大圈子以後還是可以到家，正好乘機觀光一番夜臺北。於是，我毫不猶豫的就跨了上去，坐在司機旁邊的單人座上，這正是全車視野最好的所在。

夜都市的景色是美麗的，尤其是在雨中，更有著一份神祕而朦朧的美。透過雨絲沾濕的車窗，高樓的燈火像是輕紗半掩的一方方水晶和黃寶石；五光十色的霓虹燈似是商女身上廉價而庸俗的珠寶；而路旁那一盞盞淡青色的螢光燈又像是一串串珍珠項鍊。再加上車燈的黃光、車後燈的紅光，還有每個路口的紅綠燈。這許許多多的光和彩色就交織成為一幅令人目眩的都市夜景。

公車從南京東路駛向中山北路，兩旁的景色也越加多姿夜采，行人摩肩接踵，窗櫥燈火通明，真是城開不夜。當我正忘情於欣賞街景時，偶一回頭，本來空蕩蕩的車廂，怎麼忽然間擠滿了乘客了？從他們愉快的交談聲與外表看來，有些是影院出來的觀眾；有些是逛完街要回家的人。有些是像我一樣從一次應酬裡出來的；也有些是夜校放學的學生。霎時間，一車廂的人聲，也一車廂的歡樂。

平常我在晚上總是窩在家裡，對外面的夜多少懷著一點畏懼的成份。而住宅區中的夜是只屬於電視機和偶然的洗牌的沙沙聲的，看不到川流不息的車輛與行人，也看不到廉價珠寶似的霓虹燈，遂以為九點十點就是很晚。如今，置身在夜遊人與夜歸人之間，這才曉得夜還是早得很。住在大都市裡的人，那有我這種早睡早起的土老兒？

公車從中山北路而火車站而中華路而衡陽路，路上人潮更多，時光似乎在倒流。雨夜的九點半鐘，在我家的巷子裡早已空寂無人，而這裡的人才開始他們夜間的享樂，九點半，正是夜生活序幕展開的時刻。

生長在大都市——廣州和香港之中，卻是從來不曾過過夜生活的我，此刻似乎對都市之夜的魅力有了一點點了解。的確，當人們卸下了白天工作的重擔之後，在夜的懷抱中，難道不應該盡量讓自己鬆弛一番麼？在這個物質重於一切的八十年代，還有幾個人能像我輩書呆子，一本書一枝筆，就可以很滿足地在燈前渡過漫漫長夜的？

看著臺北夜雨中街頭的繁華景象，一向沒有任何宗教信仰的我忍不住默默向上蒼禱告，求祂保佑這個海島永遠平安，求祂眷顧島上善良的老百姓家家戶戶無災無病，永享太平。真的，近百年來中國人所遭受的傷害已經太深重了，今後讓我們遠離任何苦難吧！

細雨還是濛濛地灑落著。不知何時，公車已駛進郊區，車窗外再也看不到五光十色的霓虹燈，也看不到像鑲著水晶或鑽石的夜之高樓，街道上行人漸漸稀少。但是連棟的四層公寓中鵝黃色的燈光卻在招徠著我。我已倦遊，我只想回到我溫暖的家中。

（新生副刊）

雅與俗

真後悔自己當年灌輸了四個兒子以雅與俗的觀念，以至咎由自取。等到他們略為懂事以後，只要我穿上一件稍微鮮艷一點的衣服，或者買回來一樣色彩較濃的用具，四個小傢伙就會對我群起而攻之：「媽媽好俗氣！」使得我無言以對。只好經常穿得素素淡淡，扮演「雅人」角色。

幸虧雖然有時也穿穿俗的衣服（也許衣料是別人送的），偶而也買到俗的東西（又不是我製造的）；但是因為我是個文人，而又喜愛藝術和音樂，因此，在兒子們的心目中，還算是個雅人。

在我和兒子們互相比雅的那些日子裡，老大是他三個弟弟公認為最俗的一個，因為他特別喜歡亮晶晶的東西像金、銀或寶石之類，而他的圖畫又老是喜歡採用大紅大綠的原始色彩。老二老三那時都醉心美術，老二模仿葉醉白將軍畫馬，有點類似；老三曾經畫了一幅馬戲班的圖畫在中央日報兒童版發表。於是，兩人就都以未來的大畫家自許，也自命為當然的雅人。至於他們的小弟弟——老么，雖然也喜歡畫畫和唱歌，可惜卻又喜歡看武俠小說，就被那兩個跋扈的哥哥貶為雅人中之俗子。

孩子們的爸爸是個沒有任何嗜好的人（不過也愛看武俠小說），雖然談不上雅，照理也不算俗。但是他喜交俗客，因此孩子們暗中也把他列入俗人之中。這件事，他到現在還不知道，因為他不像我那樣跟孩子們打成一片。就算他知道了，他也不會在乎，說不定還會罵我們一聲「神經病」。十幾年前，我寫過一篇〈雅俗之爭〉，說的就是孩子們爭做雅人的經過，裡面也提到丈夫是孩子們心目中的俗人的事。不過，因為他從來不看我的文章，所以始終蒙在鼓裡。

十多年過去了，我仍然堅守在自己的崗位上，身分依然還是一個文人，而對藝術和音樂的興趣也有增無減。丈夫也是依然故我，絲毫沒有改變。可惜，卻已沒有人來批評我們的雅俗了。我的四個孩子之中，有三個人遠在太平洋彼岸，唯一還留在家裡的老三，早已對這種幼稚的「雅俗之爭」失去興趣。

當年被三個弟弟公認為最俗的人——老大，如今可說是全家最雅的人，我這個半是文人半是家庭主婦的人簡直是望塵莫及。說起老大，他大約是從升上大學就已脫胎換骨，徹頭徹尾變成了雅人。他唸的是外文系，讀了幾首英詩以後就自己學著寫新詩。從那個時候開始他就嫉俗如仇，對一切世俗的事物都瞧不起，只知埋首書堆，是個完全脫離現實的書呆子。

後來，他的興趣從文學轉移到音樂，出國以後，下了幾年苦功夫，閱讀了無數典籍（每隔一兩個月就開出書單來叫我們寄書去，包括了國學、文學和音樂方面的書），又去學過各種樂器（在國內已學會了鋼琴和樂理）。終於，皇天不負苦心人，他以兩首創作的器樂曲考進了美國哥倫比亞大學的音樂研究所，主修作曲和指揮。從他寄來的照片中，我看得到他那間小小的公寓裡，除了一部鋼琴外，四壁都擺滿了圖書，怪不得他在來信中說自己「坐擁書城」了。從一個愛金、銀、紅綠的「俗子」而變成為今日的雅士，我家老大的轉變，當時誰能逆料？

當年想當大畫家的老二，今日變成了科學家，他已經是哥倫比亞大學的物理博士了。他對音樂和藝術的愛好和我一樣，多年不變，也愛旅行和遊山玩水。他常常寄回來一些印刷得非常精美的畫冊，使得我們的客廳因此而生色不少。

可能由於性情太「雅」之故，他讀物理，竟捨實用而就理論。別人讀實用物理的都能夠找到很好的工作，讀理論的他，恐怕只能當教書匠了。為了「雅」，難道真的要躲在象牙塔裡，不食人間煙火嗎？

「雅人中的俗子」——老么受我和他大哥、二哥的薰陶，也是藝術和古典音樂的愛好者。不過，他除了古典音樂之外，還喜歡聽熱門音樂；因此，他在雅中還是帶著點俗。如今，他也到美國深造去了，就算我不嫌他略帶俗氣，想跟他談談畢加索、馬勒、布拉姆斯以及一些彼此都愛看的歐美小說，也已經不可能。孩子們長大，一個個就像翅膀已硬的小鳥那樣飛走，現代的父母真是悲哀。

唯一留在身邊的老三，當年曾經自命為我家雅人中的最雅者。的確，他不但喜歡藝術，還會畫畫。後來他選讀工業設計，就是為了可以應用他會繪畫的天才，而他也的確不斷在作畫。美中不足的是，他住校時也愛上了熱門音樂，學會了跳舞，他的雅，在我心目中就多少有點貶值。

前幾年，我出版的一本小說，還是他設計的封面。這本書我因此而感到特別珍貴，母子合作，雖然算不得「文壇佳話」（因為有很多文友也有這樣的先例），可是在我這個做母親的人而言，卻是感到十分自豪的。

想不到，老三在前年結婚，後來又做了爸爸之後，加以工作忙碌，我冷眼旁觀，發覺他當年的「雅興」已漸漸消失。他每天下班回來，看看晚報，看看電視，逗逗嬰兒；然後，不到十時，便呵欠連天的上床睡覺去了。有好幾次，有人找他設計封面，他都婉言拒絕；現在，他不再繪畫，也不看任何本行以外的書籍。我知道，嬰兒夜間的啼哭，影響到他的睡眠；而工作的繁重，又使得他對其他事物失卻興趣。我心疼的想：這個年輕人已走上一般成了家的薪水階級的那條路子了；每天上班下班、吃飯、睡覺；他們不再求知，也不需要精神生活；就這樣日復一日，月復一月，年復一年的走下去。原來，他自認是四個兄弟中最雅的一個，想不到，如今過的卻是最俗的生活。不過，他還年輕得很，誰知道將來又有甚麼變化？我為甚麼要杞人憂天呢？

希望我的兒子們不要看到我這篇短文。要不然他們一定會笑我：媽媽，你實在太過Naive（天真）了，這是甚麼時代，還談甚麼雅不雅、俗不俗呢？雅又怎樣？俗又怎麼樣？老實說，我們才不在乎。

是的，我也不在乎自己到底是雅是俗；不過，要是有人說我的文章很俗，也許我還是會感到不高興的。人本來就是矛盾的動物呀！

（基督教箴音報）

移植的花朵

移植的花朵

夏天裡曾經到紐約去探望兒子和媳婦，在那裡逗留了一個月。這個世界著名的大都市，除了遮天蔽日的高樓和髒亂的街道外，並沒有給我留下甚麼特殊的印象，也沒給予我任何好感。不過，我卻注意到一件事，它證明了紐約的居民也並非跟他們那個城市一樣完全迷失在物質文明裡，他們還是非常嚮往大自然的。

我發現，在紐約市那些全部空氣調節、窗戶緊閉的大樓裡，幾乎每一間辦公室及住家的窗內，全都栽種著幾盆室內植物，讓綠意調劑一下大都會中灰色的生活與空間，也為紐約增加一些美感。

大兒的家裡也有幾盆盆栽，可是並不怎麼起眼。倒是大媳婦辦公室中的幾盆，我一看見便有驚豔之感。那天，我一走進去，還以為自己走進了暖房中，在她的辦公桌旁，靠窗的地方，擺滿了一又一盆的常綠葉植物、滿室碧翠。由於窗門有陽光透進來，而室內又沒有灰塵，所以每一片葉子都長得綠油油的像絲絨一樣，可愛極了！每一盆的葉子又都那麼濃密，有些還從窗口懸垂到地面，真是盡態極嬌，美妙無比。

聽見我這樣嘖嘖稱羨，大媳婦就指著那盆葉子像桃形而有著鋸齒邊沿的植物對我說，這一種是可以插枝的，等我回國時，她會剪一些給我帶回去種。

近年來，我不知道從別人家裡帶回來了多少植物。到香港去，妹妹給我帶回來了吊蘭和一些小型的萬年青；到朋友家裡，看見美麗可愛的花卉，只要能插枝的，也都要剪一枝帶回家。現在，我陽臺上種的盆栽就有很多是從別人家裡移植過來的，睹花便可以思人，這倒是很理想的禮物。不過，老遠從萬里外的異國越重洋而來的，這可是第一遭。

起初，我對它並沒有抱多大的希望。從母枝上剪下來的一株草本枝葉，放在塑膠袋中，又擠在我的手提旅行袋裡，密不通風；經過二十多個小時「機」、車勞頓的折騰，可能根本活不了，只是姑妄一試罷。

誰知道，這棵不知名的異國植物生命力倒是挺強的。回來以後，我隨便把它種在一個花盆裡。那個時候，它已是枝垂葉枯、奄奄一息，幾天以後，居然沒有不服水土，又有了生氣，變得挺拔起來。不久，更是抽嫩芽、發新葉，顯然地，它已在寶島的泥土中生根了。

秋去冬來，氣候漸漸變冷，這棵小小的植物又竟然開起花來。花朵是白色的，有著紫色的斑點，形狀有點像洋蘭，花瓣只有一公分多長，小巧得就像是小人國的花卉，楚楚可憐；由於它是遠來的嬌客，就使我更加疼愛。

我家靠近河邊，風特別大，而這一簇小小紫花，卻屹立不倒，一直開了許久。可惜的是，我家陽臺一到秋天就照不到太陽，所以那原來綠油油的葉子都逐漸變黃，無復在母枝上時的光彩。不知道到了明年春天，照到陽光，會不會恢復本來的光豔。

每次看到這盆移植的花朵，我就會想到我們那些在國外求學的留學生。他們去國離鄉，獨自在異國掙扎，豈不正像這株遠渡重洋的小小植物？然而，只要有堅強的意志，肯努力奮發，不論人或植物，依然可以在異國欣欣向榮的。

我的收集物

那次從墾丁的海邊回來，帶回了一大袋式樣玲瓏可愛的貝殼和色澤美麗的小石子。一到家，就把這些海中的寶藏用清水沖洗乾淨，通通倒在一個玻璃果盤裡，一顆顆細細欣賞把玩，那份開心與喜悅，彷彿童年時代得到一大堆彩色的彈珠一樣。

是的，我從小時候就喜歡收集美麗的彈珠和各式各樣可愛的小玩藝兒。記得我有過一箱寶藏，裡面除了一些彩色的彈珠以外，還有兩顆琥珀的朝珠、兩隻象牙刻成的小象、一個只有一英寸長的小口琴……。我把它們視同拱璧，只是偶然會拿給到家裡來玩的小朋友一同賞玩，弟弟妹妹們都休想碰一碰。不幸，這個小箱子卻在抗戰期間因為逃難遺失了。這使得我難過了許久。

成人後，收集「寶物」的興趣消失了，但是卻仍有收集的習慣。我開始集郵，集了許多年，始終沒有好好整理過，大概不會有甚麼珍品。由於集郵，風景明信片也在收集之列，不過數目也不多。紙幣和錢幣我也收集，可是我既沒有機會周遊列國，也不喜歡用金錢去交易，而只是讓它們順其自然的增加，所以也有限。由於個人多年來常有機會參加一些集會之故，紀念章也變成了我的收集物之一。論數目，恐怕已有幾百個，論年代，大約有三十多年歷史，其中有一些還是從大陸帶出來的，可說彌足珍貴。鈕扣，也是一項無意中的收集物。因為我對鈕扣比較講究，買回來的成衣，要是鈕扣的顏色或形狀跟衣服不配，一定要另外買別的來換過。拿料子去給洋裁店做，也要自己選鈕扣。於是，日積月累，我的針線盒中就存滿了形形色色的鈕扣，幾乎可以開展覽會了。現在，我又愛上了貝殼和小石子，以後，我也要繼續收集的。

郵票、風景明信片、紙幣、錢幣、紀念章、鈕扣、貝殼、小石子，這些東西也許不值錢；不過，我這些收集物可比小時候的「寶物箱」豐富得多吧！它們可是歷史和地理的課外「讀物」哩！

從來不曾體會過織毛線竟然會有這麼大的魅力，如今，我可是徹頭徹尾的迷上了它。

近來，由於天氣寒冷，不大出門，不想虛擲光陰，就去買了一些毛線回來，有時是替小孫女織毛衣，有時是在一片硬網上編織圖案。對女紅方面，我雖有興趣而手拙，自然沒有好成績。可喜的是，我從織毛線中享受到一種新的樂趣。

織毛線是既不費神有時甚至不需目力的，我往往一面編織，一面看書，一面聽音樂，實行一心三用。這時，假使沒有人在旁邊打擾，那種寧靜安謐的境界，真是令人心醉。在我看來，這也是一種精神上的享受。

織毛線，也許只是一種極其單調的工作；可是，它卻給予人以希望。當你一針針織下去時，你一定急於完成它，也一定樂意它可以早日變成你所愛之人的身上衣，這時，雙手自然就會加快，也就不會感覺到它的單調乏味了。一旦織上癮時，甚至會欲罷不能，就像吃花生米或磕瓜子一樣，久久都不能停手。

我特別喜歡用幾種不同顏色的毛線來編織，這時，我就會把毛線當作是畫筆，玩起配色的遊戲來。有時，自己還研究出一些新的針法，務求在單調中有變化，以增加趣味，也是為了要考驗自己一雙笨拙的手。

記得有一位男士說過：你們女人憑著兩根或四根直直的織針或者一枝短短的鈎針，就可以把一團線織成各種衣物，可真是了不起啊！其實，了不起的不一定是我們女人，織毛線的確是一項偉大的發明，也是一種通俗的藝術，只不知是那一位發明的。無論如何，我還是得感謝他「提供」了我這種可愛的消遣方式。

（新生副刊）

藝術家的生涯

花了幾天工夫，一鼓作氣的讀完了長達五百餘頁，英國作家克羅寧所著《一個美的故事》的中譯本，不禁掩卷嘆息者再；而胸臆中也充塞著一股悽惻抑鬱的情緒久久都無法平復。

生平愛讀傳記，對藝術家的傳記尤其喜愛。因為我雖然不是一個藝術工作者，但是半生的筆墨生涯，使我對藝術家把全副生命投入藝術中那種「春蠶到死絲方盡，蠟炬成灰淚始乾」，擇善固執，死而不悟的心理非常了解，對他們在創作時的心路歷程，也特別的容易引起共鳴。當然《一本美的故事》只是一本虛構的小說，然而書中的男主角斯蒂文•德斯蒙，那位年輕畫家短短一生坎坷的遭遇，不正是一般生前不受世人賞識的藝術家的寫照麼？

這位天才橫溢的青年畫家，出身於教會的家庭，畢業於牛津大學；假使他依從父親的願望，在教會中擔任聖職，那麼他是很可以過著平凡而幸福的一生的。無奈在他的血液中奔流著對繪畫的熱愛，他在上大學時晚上偷偷去學畫，畢業以後更放棄了教會現成的工作到巴黎去，想以繪畫維生。結果，由於他的畫風不合時宜，無人賞識，始終過著貧病交迫、三餐不繼的生活。最後，終於有人懂得欣賞他的作品了，可惜他的肺結核病已奪去了他的生命，這時他才不過三十幾歲。

明明知道藝術創作的路途是艱苦的，他為甚麼有現成的福分不享而投入渺茫的前途中甘心過著貧窮的日子呢？說得不好聽一點，豈不是自作孽不可活？然而，這就是天才之所以為天才，他們註定了是悲劇性的殉道者，藝術就是他們的生命，沒有藝術也就沒有生命，他們的思想又那裡是一般世俗的人所能夠了解的呢？我常常很庸俗地這樣想：大多數藝術家在世時藉藉無聞，窮愁潦倒，而他們的作品卻傳之千秋萬世而不朽；可是，這對他們本身有甚麼好處呢？他們的肉身早已與草木同腐，他們生前的努力，無非是為後人造福而已。誰想當藝術家，恐怕得有著殉道精神和博愛的胸懷才行啊！

從《一個美的故事》，我又聯想到史東的《梵谷傳》。雖然德斯蒙和梵谷兩個畫家，一為虛構一則實有其人，但是他們的時代差不多，又同是牧師出身，也是由於對藝術的執著和鍥而不捨而一生挨窮受苦，兩人又都是一身傲身，對人情世故完全不懂的書呆子，對世俗永遠不肯低頭。終於，一個得癆瘵而死；一個則瘋狂而自殺身亡，世界上還有比這更堪憐的悲劇人物嗎？

當然，除了虛構的德斯蒙和真實的梵谷，在二十世紀以前，還有著許許多多和他們的遭遇相同的藝術家。像死在瘋人院中的羅特列克；因為工作過度在三十一歲便夭逝的塞拉；自我放逐於大溪地的高更；在陋室裡發霉的盧梭。還有，那些音樂大師們，像莫札特、貝多芬、舒伯特、蕭邦、柴可夫斯基……，他們在世時都是又窮又有病，而且作品還不見容於世。但是，這一群可愛的傻瓜們，卻似乎都有著鋼鐵般的意志，飢餓、寒冷、疾病、貧窮、詆譭，這一連串的打擊都阻止不了他們創作的熱忱。他們只要有一枝畫筆、一些顏料、一張畫布或者一部鋼琴、一張紙、一枝筆，就會燃起了生命的火燄，他們就會為理想而活下去。正如當年顏回居住在陋巷中，一簞食，一瓢飲，別人不堪其憂，而顏回卻自得其樂一樣。

今日的藝術家們可比上一世紀的幸運得多了。現代的醫藥發達，減少了許多疾病的侵襲；而高度工業社會的形成，使得藝術家們有了許多謀生的方法。最重要的是，今日的藝術家已很少人像上一代那樣的為藝術而藝術，他們只要放棄自己的理想，迎合大眾的興趣，製造出一些商業化的藝術品，這樣一來，他們便可以住有花園洋房，出有高級汽車，享受富豪的生活。真的，「千秋萬歲名，寂寞身後事」，這是甚麼時代了，誰還會那麼笨為了藝術而挨窮抵餓呢？

不過，話又得說回來，藝術這一碼子事是相對而不是絕對的，到底怎麼才算好，見仁見智，很難論斷。一個藝術家想成名，除了本身的天才加上努力以外，還得靠運氣與機緣，而運氣與機緣也不見得完全是被動的，有時也可以主動去爭取。譬如運用社會關係，施展圓滑的交際手腕等等，在人和與地利的配合下，有些人在功名之路上就會比其他的人順利而幸運得多，不見得每個藝術家都要像克羅寧筆下的德斯蒙那樣受盡人間的痛苦與折磨。

一想到上一個世紀的藝術家們所遭遇的災難，我就為那個時代的人類悲哀，同時也為自己能夠生在二十世紀而慶幸。今天的藝術家乃至所有的人，尤其是寶島上的居民，即使再窮，也不會再有肺結核、霍亂、黑死病、瘧疾之類可怕的傳染病來侵襲，也不會有餓死人這種事情發生。所以，我的為上述那些藝術家可憐的身世難過，只不過是替古人擔憂而已。然而，我們今日所處的這個時代，難道又是十全十美？噪音、空氣污染、環境污染、癌症、能源短絀、人口爆炸……，這些嚴重的問題，也都正在直接或間接地威脅著我們，一百年後，又焉知二十一世紀的人們會不會為我們這些二十世紀的人感到悲哀呢？正所謂「秦人不暇自哀，而後人哀之。……後人而復哀後人也。」這是題外的話，就此打住。

（中央副刊）

我的感謝

一走進國父紀念館前的廣場，夜空的光亮就引得我抬起了頭。一輪明月半隱在輕紗似的浮雲後面，四周還點綴著疏星數點。原來又是月圓的時候了，可不是，明天就是元宵節了嘛！一面走著，不禁想起了四年前的元宵夜我也曾經來到國父紀念館觀賞來自紐約的芭蕾舞表演；四年之後的元宵前夕，我又來觀賞從巴黎來的現代舞表演。同樣的圓月，同樣的國父紀念館；雖然四年中許多人事已非，而我仍然活得好好的，我仍然生活在一個安定的社會裡，仍然可以坐在國父紀念館豪華的大廳裡，跟其他的兩三千人一起欣賞藝術的演出，這不能不感謝上蒼賜給我的福份。

還不到進場的時間，我倚在館前的白石欄干上閒眺。圓月從高高的簷牙上窺視著我，我卻注視著廣場中間的五彩噴泉。高高低低的水柱以各種不同的姿勢飛舞著，矯若游龍、翩若驚鴻，極饒佳趣。在還沒有進去欣賞法國舞蹈家的舞姿之前，先欣賞水之舞踊吧！夜晴朗得近乎透明，春風拂面已沒有多少寒意。衣冠楚楚的男女一波又一波地歡笑著從廣場的幾個入口走進來。現在，矗立著巨柱的迴廊上和寬廣的石階上已站滿了人，好一幅衣香鬢影、裙屐翩翩的畫面。

如此良夜，如此勝景，還沒有進場，我便彷彿已經陶醉了。

我想：這一代的中國人除了在臺灣的三十年以外，誰都不曾享受過這麼久的承平歲月吧！近百年來，內憂外患頻仍，中國的老百姓又哪有幾天好日子過？我在青少年時代吃盡了顛沛流離之苦，因而也特別珍惜安定的社會富足康樂，我們是應該常懷感謝之心的。當然，上蒼已是非常眷顧這個寶島，所以，多年來我們每逢橫逆，都得以履險如夷，逢凶化吉，無災無難。但是，我們最要感謝的還是我們英明的領袖和英勇的三軍將士，沒有領袖的領導，沒有軍人的保護，我們又哪裡有今天的好日子呢？

有很多人身在福中不知福，還一天到晚怨這怨那的，似乎永遠不知道滿足。而我，只因為有這麼一個晴朗美好的月夜，又可以有機會觀賞舞蹈，就覺得自己能夠生活在一個民主自由、安和樂利的社會裡是無上的幸福。

（中央副刊）

有所思 三題

率性而行

「天命之謂性，率性之謂道」，這是中庸的前兩句；而註解裡也說：「率，循也。道，猶路也。人物各循其性之自然，則其日用事物之間，莫不各有當行之路，是則所謂道也。」我想：率性而行，應該不是壞事吧？然而，我就常常因為喜歡率性而行，以至有時得罪了人，有時使朋友對我發生誤會。至於有沒有由於率性而敗事，我就不得而知；因為假使謀事不成的話，那件事就跟我脫了節，不會再有下文的了。

率性不同於任性。率性是不作假、不矯飾、不處偽；任性卻是帶著點不顧一切的味道。我在少年、青少年時期可能有點任性；進入中年以後卻變得非常的拘執而不瀟灑。但是，在待人接物方面就是不夠圓滑，喜歡率性而行，以本來面目示人，更喜歡說實話；自己以為這樣才是純真，誰知別人並不欣賞這種不合時宜的作風。

最近，一位相交甚深的朋友就是因為我常常在說話時沒有加上糖衣而不高興，甚至對我發生誤解。這時，我才發現有許多事情是不能夠率性而行的，尤其是在處世方面。在滿腦子都是功利主義思想的成人社會裡，誰不愛聽甜甜蜜蜜、歌功頌德的諛辭？那些直腸直肚裡出來，毫不修飾的話語，又有誰聽得進去？

所以，想率性而行，若不能歸隱山林，與世隔絕；那麼，就從時光隧道中回到上一個世紀去吧！

獨樂樂

有許多女性，無論做甚麼事情：上街、逛百貨公司、旅行、購物……都要找人結伴同行，充份表現出女性柔弱和不能獨立的一面。

我固然也很柔弱，也是個沒有丈夫氣的女子；可是，在很多方面，卻喜歡獨來獨往，不願意跟別人拖泥帶水。這可能跟我的職業生涯有關，因為多年來在幾家報社工作，辦公室裡面都只有我一個女性，根本找不到別人作伴，因而養成了我經常單槍匹馬到處闖的習慣。

在上下班的日子裡，中午獨自一個人去看一場電影，對我而言，便是一種無上的樂趣。這一場，觀眾往往很少，有時一個人可以佔據兩三行而不至受到別人打擾。要是電影很合意，看完以後，那份喜悅與滿足，真是難以形容。再回去上班，整個下午，心情都會特別愉快。

真的，看電影為甚麼要有人作陪呢？獨自全神貫注的欣賞銀幕上的演出，豈不比有個人在耳邊聒噪好得多？從前，我也喜歡找人陪伴看電影，自從有了第一次突破之後，以後，便再也不庸人自擾了。

看電影，雖然是一種眾樂樂的娛樂；對我而言，卻是獨樂樂。

聽兒歌

記得二十多年前第一次在電影裡聽到維也納少年合唱團的歌聲，不禁驚嘆為天使之聲，認為「此曲只應天上有，人間那得幾回聞」，對奧國音樂水準之高，只有敬佩的份兒。

我一向喜愛聽兒童唱歌，自己也愛唱兒歌，是個不折不扣的老天真。從前，自己的孩子上幼稚園和小學時，跟著他們學會了好幾首兒歌；今年，唯一的小孫女已從牙牙學語而進步到可以鸚鵡學舌了，我不管自己是否五音不全也把一些還勉強記得的兒歌教她唱。小傢伙倒也相當伶俐，雖然才滿兩歲，居然已經會唱十幾首歌。

還好，兒歌似乎不大會受時代淘汰。小孫女的爸爸和伯伯叔叔們兒時唱過的歌，到現在仍然流行著。像「小蜜蜂」、「妹妹揹著洋娃娃」……等等，我的小孫女在唱，她的爸爸、叔叔小時候也會唱；而現在的幼稚園和兒童合唱團也在唱。每天，打開收音機和電視機，隨時都可以聽到這些歌，不但我的小孫女有很多學習的機會，我也因之得以大飽耳福。

從前，孤陋寡聞地以為只有維也納兒童合唱團才能唱得那麼好，如今，從收音機、電視機、唱片和錄音帶上，我知道我們的兒童合唱團在很多音樂工作者的努力耕耘下，也達到了國際的水準，維也納兒童合唱團已不能專美了。我國在各方面的長足進步，這應該也是其中之一吧？

兒童的歌聲本來就已十分天真可愛，經過名師的指點之後，加上和聲的和諧，歌聲之清純、悅耳，聽了真是使人感動得要流淚。現在，每當電視上播出兒童合唱團的鏡頭，我一方面為了他們天使般的美音而感到喜悅，一方面又為了他們成就的不凡而替他們感到驕傲，不由得，眼眶就濕潤起來。

（中華副刊）

閒適的況味

多年來，也不知道是由於生活的忙碌，還是個人太過執著於先賢惜分陰的遺訓，我對時間一向是個斤斤計較、一毛不拔的吝嗇者。每一分鐘我都充分的去利用，即使是坐下來欣賞音樂，手中也必定在織毛線或者做針線，更別說白白坐在那裡甚麼也不做了。多年來，過慣了苦行僧和清教徒式呆板、嚴肅、上足了發條般的日子，我早已不知道閒適的生活是甚麼味道。

這三年，我像個暴發戶，又像發了橫財；忽然間，一天二十四小時都屬於自己了，照理，應該可以好好揮霍一番了吧？然而，積重難返，一根彎曲了的鐵線已無法弄直，我對時間，還是吝嗇如昔。早上，不敢太遲起床，為了不願意虛擲大好光陰；午睡，也只准自己在沙發上打十五分鐘的盹，因為不想自己變成不可雕的朽木；晚上，盡量在午夜之前上床，否則第二天又怎能早起呢？儘管我一天有二十四小時可以揮霍，卻仍然像一個銀行裡有存款而依然在街頭行乞的乞丐，捨不得花掉手中一分一寸的光陰。

當然，光陰跟金錢不一樣，它是不能囤積的，而且囤積而不用，說不定又會患上消化不良症。再說，雖則頭腦越用越發達；不過，任何機器總有停擺的時候，又總不能讓它永遠不休息。上面這些道理，我全都懂，我就是不能放鬆自己去享受片刻的閒適。我覺得自己就像是裡面點著油燈的走馬燈，除非到了油乾燈盡，我永遠都在轉動不停。反正，習慣了某一種生活方式，也就甘之如飴；我從來不羡慕別人的悠閒安逸，也很少怨恨自己的勞碌命。

是這一天的春和景明吸引了我。入春以來，我們村子裡草坪上的杜鵑花早已開得如火如荼，堤防上的柳樹也已抽出了嫩綠的新芽，每回從街上回來，我望見小小柳堤，都是想上去散散步而未果（還不是捨不得浪費時間？）。我這個「弱水三千，只取一瓢飲」、很容易滿足的人，只要看一眼柳堤後的藍天、遠山，以及柳堤下的綠樹、草坪、杜鵑花，就已滿足了。雖然柳堤距離我家不過數十步之遙，我居然一向只是遠觀，極少跑到堤上去成為圖畫中人。

今天實在是因為天氣好得不能再好。寶島的春天太短暫，太難捉摸，往往上午風和日麗，下午便又陰霾四合、風雨大作；所以，在春天裡遇到晴天，便不宜錯過。於是，我丟下手中的工作，以一擲千金的豪氣，趿上一雙舊鞋，悠然漫步在柳堤上。

新種的柳樹雖未成蔭，堤下也只不過一邊是菜畦一邊是草坪，風景平庸之至。但是，藍天在上，和風輕拂，寂靜的長堤上，兩行垂柳似乎伸展至無限遠，置身其中的感受又豈是從陽台上遠眺可比？當我悠閒地在窄窄的堤岸上漫步時，但覺鳥雀蜂蝶與我相親、花草樹木也似有情，似乎已達到了物我兩忘、天人合一的境界。這時，我才體會到閒適之可貴。一個人要是整天工作，不懂得鬆弛和休息，豈非變成了心為形役？這樣的人生，才是真正的悲哀。

古代的騷人墨客，因為生活在農業社會中，歲月比較悠閒，而詩人們又最懂得享受閒適的樂趣，所以他們才寫出了「相看兩不厭，只有敬亭山」、「我見青山多嫵媚，料青山見我應如是」、「江畔何人初見月，江月何年初照人」、「醉後不知天在水，滿船清夢壓星河」這些遊於物外，超凡入聖的千古絕句。

人生不滿百，短短的數十寒暑，對永恆而言，是何等渺小，何等微不足道。唯其生命短促，我們才要珍惜寶貴的光陰；可是，也不能夠把生命之弦繃得太緊，太緊就容易斷。偶然把自己放鬆一下，享受享受閒適的況味，也就等於不時地給一部機器上一點潤滑油。偶然的把寶貴的光陰「浪費」一下，甚麼事也不做，目的是在澈底的休息，這也可以說是無為而為吧？

（新生副刊）

美麗的秋海棠葉

記得在小學時，常識課本上有「中華民國的版圖，就像一片秋海棠葉」這句話，從此，在我小小的心靈中，就深深地愛上了這片美麗的秋海棠葉。

可是，這片秋海棠葉實在太大了，一個生長在南中國海濱的小女孩，想認識這片秋海棠葉，自然是難乎其難。我只能憑著從書本上得來的印象，攤開一幅中華民國全圖，臥遊這個令人著迷的泱泱大國。我既嚮往東北的白山黑水以及「大漠孤煙直，長河落日圓」、「風吹草低見牛羊」的塞外風光的雄偉；更愛煞了草長鶯飛、桃紅柳綠的江南景色的秀美。這時，真恨自己「身無彩鳳雙飛翼」，無法遨遊整個面積一千一百二十萬方公里的吾土；不過，由於愛讀遊記之故，對各省的名勝、佳景，倒也大多數「心有靈犀一點通」，並不陌生。

記得母親告訴我，我幼時也曾經隨著雙親到天津住了兩三年，當時，我們一家是從香港乘船北上的。這樣說，幼年的我也算是走過我國華南、華中、華北的沿海了，多偉大的一次經歷；可惜我那時還是渾沌未開，甚麼也不懂。經母親一提醒，我便彷彿記得登船的一幕：一走進我們的艙房，我便第一個爬上上舖，然後緊緊抱著那盒友人在送船時送給我們的巧克力糖。我從圓圓的窗子裡面看著大海，興奮極了。後來，茶房送來早點，是稠稠的白粥配大頭菜，我又覺得美味極了。很奇怪，許多往事早就模糊不清，在船上吃粥這個印象，到現在卻還沒有忘掉。

我還記得，船到上海時，我曾經上岸去玩。母親帶我到三叔婆家裡，那位胖胖的老太太還從床底一個餅乾罐裡拿出炒米餅來給我吃。大概是小孩子都饞嘴吧，為甚麼我的兩個最早的記憶都跟吃有關呢？

在天津，我上幼稚園了。幼稚園的生活我已不記得，只記得我們一家住在父親的公司的樓上，母親睡的是一張有四根柱子的銅床。還記得我們有一部人力車，有一天母親帶著我和妹妹坐人力車上街，車夫一個不小心，就把我們母女三個連車帶人都摔倒在厚厚的雪地上的趣事。

有一次雙親帶我們到北平去作客。我們坐人力車從一座城門下面走過，那裡擺著好些賣玩具的攤子，我看見有許多可愛的玩具兵，很想叫雙親買給我，但是一轉眼人力車就跑遠了，而我到現在卻還記得那些泥做的紅紅綠綠的玩具兵。

在我隱約的記憶中，我們那次居停主人的家，是一棟具有中國園林之趣的舊式住宅。主人領著我們，經過了一道曲曲的迴廊才走到客房，迴廊外面就是花園，欄干下面的花朵正開得璀璨。對了，我們還去遊過北海公園哩！有照片為證。我站在穿長袍的父親旁邊，顯得特別矮小。母親和另一位我不認識的女士都穿著紗衣紗裙和白高跟皮鞋。經過了幾十年，以現代的眼光看來，我覺得她們的打扮仍然很美。

這就是我這一輩子僅有的到過平津的印象。南歸以後，在越秀山下過了好幾年安定的日子，到了抗戰軍興，我們一家又開始了一連串顛沛流離的歲月。在那八年當中，我們真的走過不少地方，從香港而澳門，從澳門進入廣東的中山、肇慶、都城，然後到了廣西的梧州、桂林，又從桂林而平樂、柳州，再到貴州的貴陽，最後，到了四川的重慶——我們戰時的陪都。在流浪中，我漸漸長成了，也親身體驗到戰爭的可怕。這次雖然因為逃難而得遊遍了西南一隅，不過，我卻寧可沒有這次的經驗，因為所付出的代價實在太大了。還好那時太年輕，年輕得還不知天高地厚，要是換了今天的我，在那種惡劣的環境中，一定會像伍子胥那樣，一夜就愁白了頭。

四年之後，我們又因為赤禍的橫流而來到了海上的這座仙山上。當時我們又怎知道這次會一別家園三十載呢？否則的話，我真要像波蘭的鋼琴詩人蕭邦那樣，掬一把故鄉的泥土珍藏起來的。

如今，隨著離鄉的越久與年歲的漸增，我的鄉愁也日濃。每當午夜夢迴，逝去的父母的慈顏、兒事的往事，家鄉和曾經居留過的城市的風範，都會一一湧現腦際。於是，一股強烈的想重溫舊夢的慾望往往使我難過得無法成眠。死者固已矣，光陰也一去不復回；然而，我的家鄉和那些我曾經居住過的城市卻還在海的對岸，我為甚麼有家歸不得？

近年來，鐵暮稍稍開了一道縫，從報章雜誌的照片中，從電視上，我們偶然可以看到一點點故鄉的面貌，山川也許依舊，人事卻已全非，心頭那份辛酸，又覺得「相見爭如不見」。當我從電視鏡頭上看見北平寬廣卻空寂有如荒漠的大馬路；穿著一式人民服、表情木然的大陸同胞；依然在屋後小河旁邊洗濯衣物的蘇州婦女；還有仍舊以公鷄車作為交通工具的華北農村，胸口就像梗塞住甚麼。啊！中國人，你們的苦難何時或已？我們雖然在寶島上過著豐衣足食的幸福歲月，但是怎能忘得了你們？

最近，中視的《六十分鐘》節目，連續地報導了河西走廊、新疆、西藏、敦煌石窟等地的近況，在外國記者拍攝的鏡頭下，我看到了很多我從來不曾看過的我國西北的雄奇景色。我們的江山是如此美好，我濃烈的鄉愁又在洶湧著，對這片美麗的秋海棠葉之戀也更加加強。

美麗的秋海棠葉，我要擁抱你，我要吻遍你的每一寸土地。有一天，我要歸來，我要到廣州、上海、天津、北平、桂林、重慶……每一個我到過的城市去重溫我童年和少年的舊夢。在我有生之年，我還要從南而北，從東而西，走遍全國的名山大川，實實在在地去體會這片秋海棠葉的美麗。我愛它，不單只因為它美麗，最主要的更因為我是中國人。

（中央副刊）

夜思及其他

夜思

自從夜晚都被電視機佔據了之後，很久很久都享受不到夜的寧靜與悠閒了。夜，本來是應該屬於一盞香茗、一本好書，或者一家老少團坐燈下、樂敘天倫的；把一個又一個的良夜虛擲在螢光幕前，該是多可惜的一回事。

不幸，積非成是，積習移人，日子一久，居然就忘記了除了看電視以外，晚上還有甚麼別的事情可做。有時，沒有合意的節目，把電視機關掉，拿起一本書，看了幾頁，眼睛便發痛，只好提早上床去。

有一次，忽然想起了何不聽聽廣播。把調頻收音機打開，剛好是《星光下的音樂》開始，布魯赫小提琴協奏曲中美妙的旋律立即牢牢地綰著我的心，使得我如癡如醉。這時我才憶起，十幾二十年前，在家家戶戶都沒有電視機以前，我的所有夜晚就是在柔和的樂聲中度過的。

一夜，不單只是屬於一本書、一杯茶或者家人的歡聚；夜更是屬於蕩氣迴腸的小提琴、琤琮的鋼琴、哀婉悽怨的南胡、使人想起了「二十四橋明月夜」的簫，還有「誰家玉笛暗飛聲」的笛子的啊！

楓樹

我愛花，也愛樹，像楓樹、槭樹、合歡樹、相思樹、樟樹等等；而在所有的樹木中，我最喜愛的莫過於楓樹了。

在一般人的心目中，總以為楓樹在葉子變紅時才可愛，其實，它在一年四季中都有它各自的美。成長以後的楓樹，不但高大挺拔，而且枝柯參差有致。春天時，一簇簇嫩紅的新葉萌生在細枝的梢頭，遠望美如春花。夏季時，滿樹青葱、枝繁葉茂，令人有一種綠葉成蔭的喜悅。到了秋冬，葉子由綠變黃，由黃變朱，由朱變赭，彩色之繽紛，可說比任何花卉都更好看。楓樹的葉子形狀又像星星，我每當坐車經過中山北路或者仁愛路時，總會對著路旁兩排楓樹行注目禮，我看得那麼入神，有時真以為是天上彩色的星星都掉下來綴在樹技上哩！

如果你也愛樹，肯用你的心靈去愛樹，你就會發現：楓樹的美是全年性的，而不單只是在染上秋霜變紅才美。

怎能相比？

在一本英國出版的世界藝術史裡，我翻到了我國的部分，一幅幅印刷精美的圖片，顯示出我國古代的國畫、玉刻、陶器、瓷器等之美，這些都是歐美各大博物館的收藏品，我們在國內的人，還沒有眼福看得到。我一方面為我們有著這些有高度藝術價值的文化遺產而自傲，一方面又因為「藝」失而求諸野感到難過。去年遊美，在紐約大都會博物館中，就覺得美國人搜羅了世界各國那麼多的寶物（甚至連埃及古代的石墓都搬去了一座），簡直是一種文化的掠奪行為。

在中國之部後面，緊跟著的是日本之部。日本所佔的頁數，比我們多了兩頁，這使我很不服氣，我們是世界四大文明古國之一，立國已經五千多年，日本只不過是個小小的島國，文化完全從我國輸入，憑甚麼把他們的藝術介紹得比我們還要詳盡呢？這時，一股強烈的民族主義思想油然而生，恨不得寫信回去向那位作者質問一番。

儘管日本在許多方面都是模仿我們，可是卻學得四不像，我一向對它就沒有好感。看他們畫中那些醜陋的男女、可憎的面具、小裡小氣的手工藝品，怎能跟我們源遠流長的文化相提並論？一想到這點，我的心裡又覺釋然。

斤斤地在這些小地方上計較，不知道算不算是一種狹義的民族思想。然而，我愛我的國家，無法不在各方面都要去維護她。

（中華副刊）

聽巴哈，思遊子

從三十年前只有一部老爺式的五燈收音機到現在既有調頻收音機，又有上千張的唱片，我對音樂不但是情有獨鍾，而且始終不渝。多年來，每當閒愁來襲，唯一能夠為我遣悶解憂的，已非音樂莫屬。觀賞音樂，我並不苛求一定要盛裝到音樂會正襟危坐去聽國際水準的交響樂團或一流的音樂家演奏；有時，鄰居有人在練琴，所彈的正是我喜歡的樂曲，我也會覺得那是一種享受。

在藝術的欣賞上，我一向是十分唯美的，尤其是在比較年輕的時候。那時，我是浪漫派音樂大師們的擁護者（在繪畫方面，我也只喜歡印象派的作品），從貝多芬開始，以至舒伯特、舒曼、布拉姆斯、蕭邦、李斯特、華格納、柴可夫斯基、拉哈曼尼諾夫等人的作品，簡直聽得如醉如癡。那個時候，我不喜歡莫札特以前的古典音樂，認為太過呆板而無變化，聽了似乎令人昏昏欲睡。至於國民樂派和印象派的作品，雖然也喜愛，總是不如對浪漫派音樂的一往情深。曾幾何時，浪漫派作品聽得耳熟能詳，對我漸漸失去了吸引力；同時，人也進入哀樂中年，無論在思想上和愛好上都有了返璞歸真的趨向。於是，當年不願意聽的巴洛克音樂以及巴哈和莫札特等寧靜恬適、平和歡樂的樂曲，都變成了治療我心靈憂傷的聖藥。不過，真正聽出了巴哈作品的偉大，卻是最近的事。

那一天的午後，只有我一個人在家。近年來我喜愛孤獨的性格漸漸出現，很愛獨處。一有這種機會，我就大開電唱機聽唱片。本來我是個凡事都很有節制的人，唯有在聽唱片時喜歡把音量開得比較大；因為若是溫溫吞吞的，弱音就會聽不清楚。何況那時已是午後四點，午睡的人都已醒來，也不至吵到鄰居。我滿懷欣悅地又把那張原版的巴哈管絃樂唱片從唱片櫃中抽出來放在電唱機上，把音量開得相當大。我面對電唱機而坐，自覺有如南面王，手中捧著唱片封套，一面細看反面的解說，一面凝神傾聽。巴哈的《莎宮舞曲》、《賦格曲》、《小歌謠曲》等美妙絕倫的十八世紀德國音樂，在白髮蕭蕭的史托考斯基的指揮下，倫敦交響樂團竟似專為我這個東方婦人而演奏。啊！小提琴的嬌柔妙曼、管風琴的神聖莊嚴、長笛的婉轉、定音鼓的豪邁……所有樂器都組合得如此和諧、美麗而悅耳，我的心靈在顫慄，我的熱淚已盈眶，巴哈的音樂從來不曾這樣使我感動過。「此曲只應天上有，人間那得幾回聞」，此時此刻，我怎能不感謝愛迪生發明了唱片。否則，一個二十世紀的東方人又怎能聽得到歐洲人自己演奏的兩百年前的德國音樂？我當年為何那樣愚昧，竟不懂浪漫派音樂雖然旋律富於變化，以華麗見勝；但是，巴哈帶著宗教氣息、莊穆、寧靜的作品，那才是音樂中最高的境界。

這張原版唱片（我的唱片大部分都是翻版的）是我去年到紐約去看兒子時他送給我的。他本來要送我五張，我不肯接受。理由是我出門旅行喜歡行李簡單，要是帶唱片，就必須放在手提的行李包內，增加負擔，五張唱片也有相當份量的。而且，家裡的唱片已經太多，足夠我聽的了。兒子聽了大不為然，他認為帶幾張唱片一點也不礙事，家裡的唱片全是翻版，有的已經太舊，好不容易出來一次，為甚麼不趁機帶原版的回去飽飽耳福（那次我沒有趕上Bolshoi的《天鵝湖》，又沒有碰上合意的音樂會，他已替我大為扼腕）？討價還價的結果，我只答應帶兩張，母子二人幾乎鬧得不歡而散。

回臺的前兩天，他陪我到鬧區去買東西，順便到華爾街附近一條窄街裡一間唱片行去挑選。不要看紐約是世界幾大名城之一，卻有很多窄巷，根本沒有幾條大馬路有我們的仁愛路那樣寬闊和夠氣派；很多店鋪也都是小裡小氣的非常簡陋。兒子帶我去的這家唱片行也只不過等於中華商場打通兩間的那種唱片行一樣大小，不同的是，他們沒有大開擴音機播放流行歌曲來製造噪音。兒子跟這家唱片行顯然很熟，他本來就是音樂迷和書迷，無論在國內時或出國後，辛苦打工所賺得來的錢全都花在買唱片和書籍上。此刻，只見他一會兒在平放著唱片的櫃子上翻，一會兒爬上梯子在高架上面找。我答應他帶兩張回去，要的是莫札特的單簧管五重奏和巴哈的小品，本來，他只要向店員開口，很快就可以買到。可是他既要選指揮和演奏者，又要選發行的唱片公司，竟不憚煩地在那裡挑來挑去。在這之前，我們已走了不少路，天氣又熱，我已很累，店裡又沒有椅子可坐，我幾乎連站都站不住了。催他快點買，買完了好回家休息，他卻已沉迷在那浩瀚如海洋的唱片陣中，那肯罷休，當然，他少不免也為自己買幾張回去的。

過去在國內，在唱片行中看見原版唱片，我都會為它們那些藝術水準甚高的封套設計而讚嘆不已；如今，我置身在全套是原版唱片的國外唱片行裡，卻又因為太累而失去了欣賞的興趣。兒子如此推己及人地熱心為我選唱片，我真不知該感激他還是埋怨他。

那次，兒子食言而肥，竟送了我三張唱片，除了我要的兩張以外，他又加了一張他自己原有的巴哈小品。我答應收下，第二天他才心甘情願地又陪我去超級市場買帶回家的食物。在他而言，買唱片買書是雅事，買吃的、穿的和用的都是俗務，是他這個不食人間煙火的雅人所不屑為的。

如今，兒子送給我的三張唱片，都放在唱片櫃中顯著的地方，而我也不知聽過了多少次。那張莫札特的單簧管五重奏，封套上是一幅法國十七世紀畫家瓦都的名畫，一個男人在彈奏六弦琴，幾名婦女圍坐而聽，生動的畫面，鮮麗的彩色，看著就覺賞心悅目。我把它正面朝外的豎立在唱片櫃上，作為裝飾之用。兩張巴哈的唱片的設計比較質樸，選用的都是史托考斯基指揮時的照片。這位老音樂家雖然斜眼鷹鼻、相貌猙獰，但是一想到他指揮棒下美妙的音樂，就覺得也很可愛。

現在想想，兒子送我唱片，還是極有意義的。假使他送我吃的、穿的、用的，吃完了、穿舊了、用過了之後，那份禮物便不再存在。而一張唱片或一本書（他也常常寄書給我），卻不但可以作為精神食糧，而且還可以保存很多年。我每次放這三張唱片，除了為音樂陶醉之外，每每就會情不自禁地想到兒子在家時的種種往事以及去年在國外跟他相處時的歡樂。不知道這既是樂迷又是書癡的孩子，要到何年何月才結束他在海外漂泊的遊子生涯。

（中央副刊）

追月　外二帖

追月

在盛夏一個沁涼的夜晚中，我和朋友們乘車從忠孝西路向忠孝東路疾馳。突然，在高樓的的縫隙間，我看見一輪巨大無比的初升圓月正掛在車窗前面的天幕上。微黃、不透明，不像鏡子，也不像玉盤；扁扁平平的，倒有點像是用米色絨布剪貼出來，帶著點誇張的卡通味道，顯得特別可愛。

由於我們是向東進行的，所以，只要沒有高樓遮擋著，月亮便一直在我們面前，我們竟變成追月的夸父了。我從來不曾這樣「接近」月亮過；此刻雖然是跟朋友們親密地擠在一部汽車裡，但是我的靈魂卻在恍惚中離開了驅殼，像嫦娥那樣飛升向月。

「好大好美的月亮！原來又是月圓時候了。」我喃喃地說。沒有人回答我，也許她們正在回味剛才宴會上燈紅酒綠的歡樂吧？

驚艷

那天，坐車從新生南路經過，大約在臺大側門斜對面的附近，我偶一抬頭，居然發現路旁一間院子裡長著一株紅灼灼的花樹，頓時，我就像個驚艷的好逑君子，立刻在臉上露出了目瞪口呆的表情。

我知道：這就是作為南臺灣標誌的鳳凰木。一向，它在北部很少開花的，也許因為今年天氣特別熱吧？

遠遠望去，那一樹橘紅色的繁花，既像一抹丹霞，又像一片彤雲。假如要入畫的話，既可以在水墨畫中用抽象的筆法揮灑以淡淡的洋紅；也適宜在油畫中塗上濃濃的朱色。它的紅是如此明艷而不俗，襯托著嫩綠而細碎的葉子；又開得如此璀璨，如此濃密，真可說是天工中的極品。

我以驚艷的眼光追逐著這棵花樹，一兩分鐘之後，車子遠去，滿樹繁花的鳳凰木離開了我的視線，我已看不到它了；但是那一樹的丹霞與彤雲，卻一直縈繞在我的夢魂中。

綠蔭下的紅磚道

每天的早晨和黃昏都能夠在這些綠樹成蔭的紅磚道上走過，對向來過著精神生活的我而言，這也是一種福份。

臺北市的小南門一帶，樹木最多，紅磚道也比較整潔。那些高大的、挺拔的行道樹，樹齡恐怕都在幾十到一百年左右，雖然已經歷盡滄桑，英姿卻依然煥發。我每次從這些一列列不知名（我真恨自己對植物的無知）的樹下走過，欣賞著葉子的美，享受著它們所給予我的清涼，我就會對它們興起了無限的敬意。

這一帶，沒有商店，因此看不到花花綠綠庸俗的市招；沒有住家，因此也沒有在竹竿上迎風招展的萬國旗；有的只是巍峩的建築物，連在這一帶走過的行人，服裝也都似乎特別整齊，表情特別愉快。成行成列的綠樹、整潔的紅磚道、巍峩的建築物、精神抖擻的行人；這樣的街頭景色，從任何一個角度看來，又哪輸於歐美的一些大都市？

每天，我都以一種在公園中散步的心情悠然地在綠樹成蔭的紅磚道上走過，一想到自己已經在一個自由安樂、生活富足的國土上生活了三十一年，幸福之感頓時就包圍著我。

（新生副刊）

好詩是一見鍾情的

在我們人而言，讀書應該是一件隨興所之的事。想讀書的時候就讀，不想讀的時候也不勉強自己。而且，我從來不敢抱著讀書就一定要有所獲益的想法。因為，你抱著書本，一心以為有鴻鵠之將至，結果就很可能有意栽花花不發。要是無意中而有所得，無心插柳柳成蔭，那才是一種意外的收獲。

在我的書架上，有一本美國出版的袖珍本《不朽的英詩》，它跟隨了我很多年，跟那本已翻得很舊的《唐詩集解》一樣，是我精神上的聖經。每當我感到煩憂或寂寞時，翻開來朗誦三幾首，心情就會變得開朗起來。

《不朽的英詩》中所選輯的英詩，上溯十四世紀的喬叟，最近則是生於二十世紀的D・湯瑪斯，厚達六百餘頁，而我最欣賞的則是十八、九世紀的那幾位浪漫派詩人柏恩斯、華茨華斯、拜倫、雪萊、濟慈、但尼生等人的抒情詩。

我說過，我讀書喜歡隨興所之；因此，這本英詩我也只是隨興的偶然翻翻，隨興吟誦，從來不曾正式從頭讀起。直至最近，我偶然讀到編者所寫的序文，他在開頭所說的幾句話，以及他所引用美國名詩人佛洛斯特的一段文字時，這才發現，它不但深深的引起了我的共鳴，而且還說出了我心中的話，此時，真的是享受到「開卷有益」的最高樂趣。

本書的編者威廉斯說：「一首詩之所以不朽，並不單是由於能夠世世代代流傳久遠；也由於它的能否引起讀者的共鳴與同感，因為一首真正的詩會表達出一種不朽的人類的真理。」

佛洛斯特說：「認為一首詩必須流傳久遠才算不朽的想法是荒謬的。一個懂得欣賞詩的人，在第一眼看到一首好詩時，就會感受到心靈上的震動，永難忘懷。這也就是說，詩之所以不朽，等於戀愛的一見鍾情，而不需要等待時代的考驗。」這就是了，名詩不一定是好詩，有時，一位無名詩人所寫的小詩也會扣人心弦、清新可誦。由此類推，其他性質的文章以至藝術創作，也莫不如此。這也可以說，我們在欣賞藝術時，大可不必人云亦云的因循附會，而應該用自己的眼光，用自己的心靈去看。雖然一見鍾情不見得完全可靠；不過這總比事先受了別人的影響來得客觀和超然。

真想不到，隨興讀書，也會有意外收穫。很感佛洛斯特和威廉斯兩位詩人說出了我心中的話：「一首好詩，是一見就會鍾情的。」

（新生副刊）

讀餘偶感

還有更壞的

一般人在遭遇到橫逆或者不幸的意外時，絕大多數都會憤憤不平與怨天尤人。但是，假使你知道了愛爾蘭人的人生哲學以後，我相信你的看法一定會改變過來。

在一九七二年諾貝爾文學得獎主磐爾的《愛爾蘭之旅》一書中，他這樣說：「當你在德國發生事故，趕不上火車，跌斷了腿，或是破了產時，我們會說：這真是壞透了。不管是發生了甚麼事故，它總是最壞的事。但愛爾蘭人的說法剛好相反：倘若你跌斷了腿，趕不上火車，或破了產，他們會說：這還好，因為假使你沒跌斷了腿，可能會摔斷了頭；假使沒有破產，可能會失去心境的安寧，因此即使破了產也犯不著悲痛欲絕。無論發生了甚麼事故都不是最壞的；反過來說，最壞的事永遠不會發生的。……」

愛爾蘭人甚至對於最壞的事——死亡——也抱著這樣的態度：「要是死了，你便解除了一切的煩惱。對每一個悔悟前非的人而言，死亡不是通往天堂的最佳途徑嗎？……」

這是多麼灑脫、樂觀、幽默而可愛的人生哲學！連死亡都不畏懼，那麼，在這個世界上還有甚麼東西能夠剝奪他們的歡樂呢？愛爾蘭是個地瘠人貧的國家，天然的條件極為不利，真想不到他們的人生觀竟是如此豁達。

比起五十年代的愛爾蘭人（磐爾書中的時代背景），我們的生活環境不知比他們幸福多少倍。我們為甚麼還常常為一些微不足道的小事而煩惱生氣，而自怨自艾呢？就算真的遭逢不幸吧，「留得青山在，那怕沒柴燒」，只要自己活著一天，還是大有可為的。

「無論發生了甚麼事故都不是最壞的；最壞的事永遠不會發生。」讓我們學習愛爾蘭人豁達的人生哲學，把甚麼事都看成不是最壞的，一切壞事都還有最壞的。我相信，這樣我們將永遠不會煩惱，心靈中也永遠保有著快樂。

日記

我大概從初中的時代就開始寫日記。現在，早年在大陸上所寫的，都因戰禍散失了，來臺後早期的也因為歷次的搬家而沒有留存。如今，櫃子裡堆放著的，已是這十幾年的「近」作。

近十幾年，是我一生中最安定的也最缺少變化的時期。偶然翻翻這些舊日記，竟發現許多日子十多年來都過得幾乎一樣，不禁為自己生活的平凡、刻板而感到慚愧。

像過年、家中每一個人的生日、母親節、父親節、中秋節、結婚紀念日等，雖然這些年家裡有好幾個人相繼出國，但是家裡也添了新的成員，為甚麼慶祝的方式年年一樣呢？還有好些場合，也總是年年、月月出席，碰來碰去的又都是那些人，多貧乏無味的生活！

少年時代的日記是一本本長成的紀錄，充滿著新的希望。中年以後的日記難道只是生活的流水帳和複印本？

二十世紀的德國詩人里爾克在《馬爾泰手記》中這樣寫著：「每當春天來臨的時候，重讀往日的日記，新的一年對我似乎總是像一種責難。……呵！也許我仍是屬於已經死去的往年。

也許，這是新的難題，我們必須忍受年的輪迴以及愛。花與果實自然成熟、下墜，禽獸互相追逐、相親，滿足於他們之所有。只有我們人類，曾受神諾，卻永不能滿足。我們將自然無限地拉長，我們需求更多的時間，對我們而言，一年是甚麼？百年、千年又是甚麼？……」

一年又一年生活足跡的重疊，我是不是正像書中人馬爾泰那樣，「屬於已經死去的往年」？花果自然成熟、下墜，禽獸滿足他們之所有，人類卻是「忍受年的輪迴」、「需要更多時間」，這到底又因為人類是萬物之靈之故，還是人類的悲哀呢？

我一面翻閱自己那些少有變化的生活流水帳，一面想到里爾克這本唯一的小說《馬爾泰手記》；既為自己的不長進悲哀，也為人類的被賦有思想和對時間的貪婪感到悲哀。

（中央月刊）

夏日走筆

久閉的窗子

冷氣機真不是好東西，雖然能夠給人以清涼，但是也會使人得冷氣病、容易感冒；又使得窗戶雖設而常關，遮斷了窗外的景物，把人變成斗室中井底之蛙，患上了禁閉恐懼症。

自從冷氣機普遍化以後，大都市的居民便變成了從這一間不見天日的冷凍庫走到另一間不見天日的冷凍庫的動物。假使他是有車階級，那就更會變得四肢不勤、蒼白、貧血、運動官能衰退、日漸癡肥，甚至百病叢生。文明的代價這麼大，人類實在是夠悲哀的。

在臺北，經過乾旱、燥熱、炎陽幾乎把人烤焦的六、七月後，到了應該更熱的八月，卻幸而由於一道鋒面的徘徊而有了幾天的下雨和清涼，使我得以暫時關掉冷氣機，推開久閉的窗戶。

啊！原來久違了的窗外視野是這麼廣闊；藍天白雲就在眼前，而我卻一直把它們關在外面。遠山雖然被樓房擋住，然而兩棵枝葉繁茂的綠樹卻比我的窗子還高，枝椏都快伸到窗口來了。樓下人家院子裡的草坪修剪得多麼整潔。那株高大的番紅花開得多麼燦爛，真是如火如荼，惹得好些粉蝶兒在花間翻飛著，戀戀不去。

久閉的窗門打開以後，一抬頭就可以看到眼前的美景。有了這幅活動圖畫作裝飾，我這間小小的屋子也因之而美化活潑起來，整個人的情緒也變得比較愉快，不容易感到累了。越想冷氣機越不是好東西，它不但使得我們屋子的窗子關閉起來，甚至心裡的一扇窗子也因此而關閉，欣賞不到天然的美景。

早起的鳥兒

也許是靠近河堤，綠地和樹木比較多的關係，我家附近的麻雀也特別多。每天不到天亮，這些可愛的早起的小鳥兒，就群集在每一家公寓的屋頂和陽臺上吱吱喳喳地叫個不停，把我吵醒，變成我的活鬧鐘。

既然已經醒了，只要前一個晚上不是睡得太遲，我往往也在六點左右起來，然後到河堤上急走十來二十分鐘，作為我的運動。這時的河堤上早已相當熱鬧，到處是人，男女老幼都有，全是懂得養生之道的同志。他們有的穿著運動衣、運動鞋；有的則是一襲寬鬆的家常服和一雙舒適的舊履。有的在慢跑；有的在散步；只有我是在急走。我的健康情形還不錯，可是體力不夠，沒有運動細胞，從小學起，體育成績總是在及格的邊沿。我跑不動，卻很能走路，而且走得相當快，曾經有過跟友人一面聊天一面從仁愛路二段走回永和的紀錄。所以，我不學一般人慢跑而採取急走作為我的運動方式。

這時，朝陽初升，晨風變爽，河堤上新鋪的柏油路面潔淨無塵。堤上兩行新柳也在搖曳著它們的弱枝嫩葉，似乎在歡迎我們這些早起的鳥兒。我來回急走大約一千多步，感到微微出汗，就回家去。經過這一番輕微運動，不但一點也不覺得累，反而神清氣足，渾身舒暢。

全民體育是值得提倡的。現在，李市長所倡導的「早安！晨跑」運動已經相當收效。每天早上，臺北市以及近郊的每一間公園、每一個運動場、每一塊空地，全都被晨跑的、跳土風舞的、作柔軟操的、打太極拳的人所利用到；可見願意早起、善於攝生的人還真不少。早起，可以使人在晚上離開電視機、牌桌和所有夜生活的場所而提早上床；這一點，對於轉移社會上的奢靡風氣可說大有幫助，其功用又何止強壯個人體魄呢？

讓我們都來做早起的鳥兒吧！

（中央副刊）

也是機緣

一

在一部計程車裡，年輕而打扮得很新潮的司機居然在收聽國樂。這看似不和諧的現象，卻使我感到有點欣喜：我們的年輕朋友也有愛好國粹的啊！

收音機裡傳來如泣如訴的胡琴聲，哀傷的旋律好熟稔，原來是《昭君怨》。一面聽著，霎時間，我的靈魂就離開了我的驅殼，穿過漫長的時光隧道，回到我的童年去。

那年，我還只是一個小學五年級的學生，學校舉行同樂晚會。我們那班擔任了三個節目：口琴大合奏、粵劇、女聲獨唱。口琴大合奏吹的是甚麼曲子我忘記了，只記得自己的糗事。因為我的肺活量不夠，在吹口琴時要是連吸幾個音便沒有辦法應付，這時就只好停下來；屢次如此，真正是濫竽充數。還好人多，不至被人發覺，現在想起，還覺得丟臉。

除了口琴大合奏以外，我們班上演出的粵劇是《舉獅觀圖》，由一位男同學表演，倒也有板有眼。女聲獨唱就是好友馬建華唱的《昭君怨》，我們的級任袁老師（啊！他正是啟蒙我對文藝發生興趣的人）親自為她操胡琴伴奏。我記得袁老師第一次調絃教她練唱時就說過她的音度太高，比琴絃還高一點。這是一首何等難唱的歌曲，一個十二三歲（馬的年齡比我們略大）的孩子，唱起來多費勁！可是馬真不含糊，在臺上的表現相當不錯，她那嬌脆的嗓音，居然已經有一點少女的韻味。那夜，她不但贏得了滿堂采聲，也替我們那一班爭取了很大的光榮。

這件事始終深深嵌在我的腦海裡，使得我在數十年後的今日，在飛馳在臺北市鬧區中的一部計程車上，只因為聽到了《昭君怨》的旋律，又重溫了一次童年的夢。我覺得這也是一種機緣。

二

偶然到中央圖書館去查資料，出來順路彎進了植物園。這時，既不是清晨，又不是黃昏；沒有做晨操或慢跑的人，也沒有攜手漫步的情侶，園內清靜得很。我沿著荷塘中間的窄堤走過去，看著那一池只剩下田田荷葉的殘荷枯梗，這才驚悟到長夏早已消逝，而仲秋也已過去；一年復一年的蹉跎，我又錯過了一次賞荷的時機。我和朋友相約來這裡賞荷已不知約了多少次，卻是始終無法實現。作為一個生活忙碌的現代人，有時真是想風雅都風雅不起來，這真是一樁最無可奈何的事！

花棚上，懸垂著一串又一串纓絡似的紅色花朵。這些小小紅花的美麗，彌補了我賞不到荷花的惆悵。於是我就駐足抬頭，恣意地、猖狂地欣賞起來。要是在大馬路上，我可不敢這樣做，這裡是公園，本來就是給人賞花的，誰會笑我癡迷呢？偶然的路過植物園，偶然的有了一次看花的機會，偶然的偷得浮生半日閒，這也是一種機緣啊！

（中央副刊）

冬日小品

野草又綠水泥岸

好久沒有走到堤邊去，那天偶然經過，發覺堤側的水泥縫中竟然長滿了青草，使得原來灰灰白白的堤岸增添了不少綠意，遠望又像是一幅巨型的綠白兩色圖案畫，煞是悅目。

這些卑微的小草的生命力真是強韌得驚人！它們柔軟的小小身體不但能從泥土中鑽出來，也能夠從石頭縫中和牆罅中冒出。也許它們不禁風雨，隨時被人踐踏，生命短促得像蜉蝣；但是，它們是無法消滅的，一場春雨、一陣春風，它們又會前仆後繼的，漫山遍野、如火如荼地生長。

剛搬到現在的住處時，真愛煞了這道河堤，愛的就是堤岸側又濃又密的青草。配上堤下的草坪和堤後對岸的小山，在藍天白雲之下，那一大片深深淺淺的綠，真看得我心曠神怡。

然而，三年多以來，這道河堤卻是歷盡滄桑，幾經變故。先是堤側的綠草被剷除，露出光禿的褐色泥土；再來是堤面舖了柏油，兩側種了垂柳；然後是光禿的泥岸舖上水泥；最後是因為拓寬河堤而把柏油路面破壞淨盡，垂柳有的被折斷，有的剩下奄奄一息。這時，我對我原來十分鍾愛的河堤完全失望了：堤面黃土一片，新柳只剩秸枝，堤側是毫無生氣的水泥面。它昔日的風光那裡去了？雖然有建設必先有破壞，但是人工美那比得上天然美？我還是忍不住有失樂園的感慨。

想不到小草的生命力如此堅強，春天還沒有來臨，它們在凜冽的嚴冬中就悄悄萌生了。讓我摹仿一句前人的詩句：「野草又綠水泥岸」，有了它們的綠，灰白的水泥岸變得可愛了。等到春天來臨，柳條抽出了嫩葉，我失去了的樂園相信必定可以恢復。

橋上漫步

冬天的太陽最可愛，而晴朗無風的冬日又更是最怡人的天氣。就是在這樣的一個上午，我悠閒地在橋上漫步；雖則橋中央的快慢車道上車如流水，而我卻因為有一顆寧靜的心而絲毫不受干擾。

橋下新生地的草坪上有好些國中女生在學習炊事，就地野餐。她們做出來的也許只是一碗魚丸湯或一塊烤肉，但是她們臉上所煥發的歡樂卻太動人。多麼容易滿足的年紀，多無憂無慮的歲月。幸虧每個人都曾經年輕過，否則我們一定要埋怨上天不公平。

冬日水淺，這一段的河床幾乎見底。在淺水的河邊有許多人站在那裡垂釣。一竿在手，每個人的表情都彷彿老僧入定，渾忘世事。垂釣者注視著魚兒是否上鈎，有一個老人卻又伏在橋欄上凝神注視著垂釣者。我這個路過的人冷眼旁觀，頓生螳螂捕蟬，黃雀在後的聯想，覺得很有趣。

對岸一座小山叢生著綠樹，樹叢中又星羅棋佈著好些小屋。這些小屋似乎存在小山上很多年了，他們住在大都市中而能夠依山傍水，遠離塵囂，儘管他們的物質享受可能比不上高級公寓、花園洋房，但是我卻有點羨慕他們。都市居民有的只是擁擠、噪音、污染和澆薄的人情；然而這些山上小屋的主人卻享盡江上的清風和山間的明月。兩者相比，到底誰比較有福呢？

（中央副刊）

夜歸

在蒼茫的暮色中，擠在空氣污濁、人無立錐之地的公車裡，公車一搖一幌老牛破車似地慢慢前進，幾乎要幌一個鐘頭才能到達。這時，可真是讓思想海闊天空任意馳騁的好時機；有時思想的野馬跑得脫了韁，若不及時煞住，說不定過了站都忘記下車。

喜歡胡思亂想，是我和我的大兒子共有的「壞」習慣（也許是我遺傳給他）。記得他在上小學時，坐在教室中經常眼望窗外出神，似有鴻鵠之將至；老師看見他如此不用心聽講，叫他站起來考他幾句，他卻能對答無誤，老師也就莫可奈何。唸大學時他是騎腳踏車上學的，下課回來老是告訴我他今天在車上又完成一首小詩，言下沾沾自喜，似以小詩人自命。卻是害得我每天為他提心吊膽，假使沒有準時回家，就疑神疑鬼，怕他出了車禍。在虎口一般的馬路上騎車，已夠危險，他居然還在吟詩，簡直是不要命嘛！

當然我自己也好不了多少。在入睡之前，或者在做不必用腦筋的家務時，也就是我神遊物外的時刻。往往，一壺水燒得快乾才想起來；在燒菜時會因為心不在焉而燒焦；半夜失眠時倒也會因為胡思亂想而得到寫作的泉源或佳句。如今，在公車上有著一小時以上腦筋可以完全放鬆的時間，雖然人疊人的很不好受，有時又會有一些又硬又重的大書包頂著你的背；不過，反正閒著無事（要是沒有座位，可得要全神專注抓緊吊環），又豈可不胡思亂想一番，以殺時間呢？

由於很久沒有寫作的靈感，腦子裡一片空白，感到相當苦悶。前些日子在閱讀《佛洛伊德傳》時，看到裡面有一段提到德國作家波尼的一篇文章〈三天內成為有獨創性作家的藝術〉。波尼說：「拿些紙張，連續三天想到那裡寫到那裡，不要加以虛構……三天過後，你會為自己充滿新穎的思想而驚訝。」

讀完這段話，為之大喜，真的就在紙上胡亂寫了一些心中所想的話（不過沒有連續三天）。三天後一看，失望極了，寫的是甚麼玩藝兒呢？依然是空虛與苦悶，無病呻吟，不寫也罷。佛洛伊德是想利用這種內心獨白的方法來喚醒他的心理病人的潛意識，我不是心理病人，內心沒有祕密，此生又太平凡，當然寫不出類似懺悔錄的精采內容。想到這裡，也就為之釋然。

到自己此生的太平凡，我就忍不住「人在福中不知福」的有點懊惱起來。固然，生命中要是太多驚濤駭浪，會令人難以招架，甚至會因此而慘遭沒頂；然而，要是一輩子的歲月都平靜得像一道緩慢的溪流，連一圈漣漪都沒有，那該多乏味！未曾遭遇過風暴的結果，使得我既像溫室中的花朵那樣經不起任何風雨，又像象牙塔裡的人那樣對人情世故始終無法圓滑老到。雖然我的生活一直可說得上相當幸福，上天對我加此厚愛和眷顧，我是應該感謝的；可是我的私心裡對這種水波不興的日子的確有些微的厭倦。

記得在不久以前看過一部電視影集，主角因車禍死亡，他的靈魂被判入地獄。但是這裡的「地獄」跟我們平日想像中的完全迥異。那只不過是間普通的起居室，有人在電唱機中播放著一首令人昏昏欲睡的古老音樂；一對老夫婦在放幻燈片。帶主角走進這間房間的職員說：「這對夫婦剛剛旅行回來，他們一共拍了八百多張幻燈片。以後，你就跟他們住在一起。」主角一聽，便倒在一張沙發上，以手掩臉，作痛苦狀；顯然地，他是個討厭聽古老音樂和看幻燈片的人。

這時，職員面無表情地指著另外三個人對他說：「你知道嗎？你心目中的地獄，就是他們的天堂啊。」

這部影集的諷刺不夠，表現得沒有力量；可是，這兩句話卻是至理名言，跟我們所說「魔由心生」以及「人在福中不知福」的意義有點接近。真的，世間上並無絕對的事物，何者為天堂，何者為地獄，莫非存乎一心。甲心目中的天堂，可能是乙認為的地獄。每個人的喜好與畏懼不盡相同，伊甸園不見得就是人人嚮往的天堂。風平浪靜的人生有甚麼不好？我居然還要挑剔嫌棄，豈不是太不懂得惜福了嗎？

人在福中不知福，又何只我一個人如此？生活在自由寶島上的人，絕大多數都豐衣足食，天天像在過年；然而卻偏偏有人不知足，還要怨天尤人，怪這怪那的。古人說：「衣食足而知榮辱」，又說：「饑寒起盜心」；而現在有些人衣食足而不知榮辱，並非饑寒卻起盜心，根本只是為了想滿足自己的物慾，就去貪污枉法，或者去扒竊偷搶，罔顧法紀、破壞治安，置禮義廉恥於腦後。今天，我們社會經濟雖然起飛了，固有道德卻淪亡怠盡，能不令人浩嘆？

公車在一個大站停下來。有很多人要下車，也有很多人要上車。在擁擠與混亂中，只聽見那位操著山東口音的司機在大吼：

「別人還沒有下車，你怎麼可以硬擠上來？你怎麼一點風度都沒有？太不夠水準了！你回去找一本國民生活須知去讀讀吧！」

人大擠了，我不知道司機罵的是誰。總之，他罵得真好。這種自私自利、沒有公共道德的人就是衣食足而不知榮辱，該讓他再嘗嘗剛到臺灣時「一簞食一瓢飲，居陋巷」的滋味才對。日前報載：去烏來的公車乘客經常大排長龍，但是有些不守秩序的人往往任意插隊，甚至把行李丟進車廂中佔位或者從車窗外爬上去。這種種丟人現眼的行為，證明這些人已經不知公共道德與廉恥為何物，的確是應該去細讀「國民生活須知」才對。

思想的野馬越奔越遠，而在車子的搖幌、光線的昏暗中，已我倦欲眠。車窗外的夜色漆黑如墨，閃爍著五彩霓虹燈的鬧區已經遠離，是快到家的時候了。整整一個小時的擠在沙丁魚罐頭似的公車內，不但又累又睏，心理上也感到不勝沉重：風平浪靜的人生、人在福中不知福、天堂與地獄、道德淪亡……太多太多的問題，怎生負荷得了？都是胡思亂想惹的禍。

（中央副刊）

想飛

說來可笑，早已是應該穩重如山的年紀了；可是，我還常常有著想飛的感覺。高興的時候我想飛，在山之巔水之涯的大自然美景中我也想飛，而擠不上公車或者趕不上公車時我更是想飛。前兩者的感覺是羅曼蒂克的，雖則飛不成功，也總會感到飄飄然；而後者的感覺則是極其現實的，這時，真是心急如焚，但恨身無彩鳳雙飛翼。

飛，無疑是所有的動作中最優美的一種。鳥兒輕柔地展開翅膀，輕盈而又靈巧地翱翔在藍天白雲下，那翩翩之姿，真令萬物之靈的人類和四條腿的走獸羨煞。

人類對飛的幻想，最早的大概就是嫦娥奔月吧？畫家筆下奔月的嫦娥，裙裾翩翩，冉冉地向著月亮飛升。那故事，那畫面，說有多美就多美，使得我這個想飛的人也希望有機會吃到長生不死的靈藥，能夠身輕似燕，一嘗飛的滋味。

因為沒有翅膀，無法飛翔，我們人類便想盡方法模仿鳥類飛翔的動作。舞蹈，就是從飛的動作轉變出來的。我們的民族舞蹈比較含蓄，往往只用飄飄欲仙的寬袍大袖來表現出飛的形象。而西方的芭蕾舞和現代舞中的飛躍動作，舞者力與美的配合，則似乎稍稍彌補了人類不會飛的遺憾。空中飛人應該也是人類嚮往飛翔的一種表現。在急促的鼓聲中，在數十尺的高空上，浪跡江湖、身懷絕技的藝人們瀟灑地、自如地飛騰、翻滾。他們無視於死亡，掌聲是他們最大的安慰，我覺得這真是一種最淒美的藝術。

人類的飛翔歷史雖然已由滑翔機、飛船、螺旋槳飛機而發展到噴氣機和直昇機；可是我仍然認為不夠方便。我渴望有人發明一種簡單、輕便的飛翔器；譬如做成一隻可容一個人的大鳥的樣子，人只要鑽進鳥的肚子，一按開關，就可以飛，另有開關控制方向和高度，隨時隨地可以降落。這樣，人類豈不是可以隨心所欲，到處翱翔了嗎？不過，話又得說回來，要是有一天，這種飛翔器發展到像目前的機車一樣多，那麼天空豈不是又像地面一般擁擠，亂成一團？到了那個時候，恐怕又有人會埋怨發明的人多事了。人類天生兩條腿，上天本來就是規定我們要走路的。如今既有舟楫可以渡河，有車輛可以代步，又有飛機可以跨越海洋，洲與洲之間朝發而夕至；而我還不滿足，妄想違反自然像鳥兒樣在天空自由飛翔，豈非異想天開、痴人說夢？

（新生副刊）

輯二　克街舊事

克街舊事

寫下這個題目，我覺得有先向讀者們解釋一下的必要。克街，是香港的一條街名，英文是**HEARD STREET**，「克」是粵語的譯音，那大概是英國某名人的姓（香港的街道十之八九採用英人的姓），若用國語來發音，那就沒有人聽得懂了。

在那條比弄還短的克街的一幢小樓上，我渡過了五載的少年歲月。

對日抗戰開始那年的冬天，父親帶著我們一家九口從廣州逃難到香港來。香港葺爾小島，一向就以「寸金尺土」著名，這時由於大陸各地逃難而來的人日增，人口更是呈爆滿狀態，想找一間房子來安頓一家太小，談何容易？也許是父親交遊廣闊的緣故，我們只住了幾天旅館，就有人把克街這一層二樓介紹給我們。

克街位於灣仔，就在電車路旁，交通非常方便。這條街極短，大約只有十幾號門牌。我們所租的是一棟灰色的三層港樓，面積很小，只有一廳兩房一廚一廁，沒有浴室。我記得：我們洗澡時就把廚房門和過道的門關上，利用過道做為浴室，其不通有如是者。不過，在那個時候也沒有選擇的餘地。

我們搬進去的時候，原住人還沒有遷出，他先讓一間房間給我們住！客廳則共用。我還隱約記得這家的男主人是個胖子，態度不怎麼友善。我們從來不曾跟別人同住過，不免感到委屈。尤其是我，年少氣盛，事事看不順眼。我看不慣當年港警的作威作福、欺壓老百姓；看不慣殖民地上洋奴卑躬屈節的嘴臉；也看不慣港人的勢利作風。其實，我懂得甚麼呢？那時還只是一個初中生而已。

因為那個人對我們不友善，我對他也就很不客氣。有一次，我獨自坐在客廳看報，他們一家人要吃飯了，我依然不走開，還是坐在那裡用報紙遮著臉。我想：客廳是公用的，你們可以在這裡吃飯，難道我就不能坐在這裡看報紙？可是，那家人的氣量也很狹窄，看見我這個小孩子不肯「迴避」，就到我們房間裡向我的父母告狀，結果害我挨了一頓罵。

還好跟那家人同住的時間很短，不久，整層二樓就屬於我們。房子雖小，還勉強夠住。我的父母帶著么弟么妹同睡一間；我和二妹三妹同住一間，一張大床，三人橫著睡。排在中間的四弟五妹，大概是睡在過道上了。樓梯底下還有一間沒有光線的貯物間，就權充佣人的臥房。

剛到香港的第一學期，因為錯過了開學的時間，我們姐弟五人（最小的兩個還未到學齡）全都失學了。弟妹們倒無所謂，樂得大玩特玩，只有早熟的我因此而抑鬱寡歡，常常在黃昏時帶著最小的弟弟到海旁的馬路上散步，一面構思一些無病呻吟的詩句，而自比行吟澤畔的屈原。少不更事，真是狂妄得驚人。

大半年以後，我進入一所從廣東佛山遷港的教會學校華英女中跳級唸高一。恢復了學校生活，我的憂鬱症也消失了，每天提著藤製的書籃，快快樂樂地去上學。華英女中高中部當時借用電車路旁的循道會禮拜堂作校舍，距離克街很近，大約步行五—十分鐘就到。由於離家太近，我每天中午都回家吃飯，方便則方便矣，但卻因此而失去很多跟同學們相處的機會，也是得不償失。高二的時候，我們的英文老師因為生產請假，由她的同學李滿桂老師來代課，李滿桂老師就是後來的名劇作家李曼瑰先生。

近十多年來，我們都同屬女作家慶生會的會員，師生相處甚歡。不幸，李老師竟於前年以癌疾去世，想起她當年教我們莎劇的往事，不禁唏噓不已。

我猜文學的喜愛是從小學就開始萌芽的。記得在小學五年級時有一位麥老師教我們讀了許多新文學的作品，六年級的冼老師則教我們讀古文；那些古今的文學瑰寶，已在我小小的心靈中燃起了星星火花。後來我自己又讀了許多章回小說和翻譯的世界名著，哦，原來文學的園地竟是如許美麗，長滿了奇花異草，又怎能進入寶山空手回呢？我忘記了是在高二還是高三，我竟然想到要寫長篇小說。

上面我提過我和二妹三妹共住一個房間，房間很狹小，擺了一張大床以外，就只放得下一張書桌和兩把椅子，書桌是我和二妹共用的。三妹那時還在唸小學，大概是在客廳做功課的吧？就在那張書桌上，我先是「發明」了一種遊戲跟弟弟妹妹們一起玩，然後由這種遊戲而發展成為長篇小說。

在少女時代，我是個相當內向的人，每天下了課就回家，從不跟同學們來往。我唯一的嗜好是看電影，也迷好萊塢的大明星。我買了許多英文的電影雜誌，時常對著裡面的明星照片畫像，倒也畫得維妙維肖。拿給同學們看，竟因此而獲得了「小畫家」的封號。我不但畫好萊塢明星的像，還把幾個特別喜歡的明星幻想成一家人，用他們來編故事：當時鼎鼎大名的歌后珍妮麥唐納和她的影星丈夫金雷門是一對父母，紅小生勞勃泰勒是兒子，《亂世佳人》的第二女主角奧莉薇亞夏蕙蘭是女兒，費雯麗是勞勃的女朋友，中生埃洛弗林是叔叔。我從電影雜誌中剪下他們幾個大小相等的頭，用硬紙板做身體，再給他們穿上紙衣，在我的書桌上擺上一副玩具的家具；於是這張書桌變成了舞台，小家具是道具，紙剪的明星是演員，而我就是一場傀儡戲的表演者，我的弟弟妹妹們是我的觀眾。他們圍桌而坐，個個瞪大眼睛，看得十分著迷。母親有時經過我們的房間，就走進來嘆著氣的說：「阿珊，你這麼大了，還玩這種小孩子的玩意兒，不怕人家笑你呀？」母親又那裡知道，這種遊戲，表面是在玩紙囡囡，其實，一部長篇小說已在萌芽。

玩這種遊戲的時候，當然是由我這個表演者代替那些紙人道白，也就是等於在說故事。在這個故事中，金雷門是個富商，費雯麗是兒子的同學兼友女，最具有戲劇性的人物是那位叔叔，他是個賦性不羈，喜歡過流浪生活的傳奇人物。

在每次遊戲中故事的內容我已記不得了。我只記得：開始玩這種遊戲以後的不久，我就動手把它寫成小說。我用幾本作文簿釘成厚厚的一部，準備寫長篇。我用毛筆以工整的正楷一個字一個字的寫，第一章好像叫「浪子歸來」，描寫的是金家的大年夜，一家人都團圓在一起，正準備吃年夜飯，那個在外浪跡一年，毫無音訊的叔叔卻風塵僕僕的及時趕到。我現在也想不出自己為甚麼要創造出這樣的一個人物，不知道是不是因為我自己也有一個類似這種人物的叔叔？

這部「小說」，大概寫了兩三章就停下來，我也不記得到底是寫不下去，還是因為將近畢業考，功課太忙而無法繼續；總之，我記得後來香港淪陷，我們再次逃難，整理行李時，因為那本厚厚的作文簿的大部分都是空白的，就把它丟棄了。少年時代的一點點心血，就此湮沒得無影無踪。

脫下了華英女中的制服——夏天的白衣白裙、冬天的藍衣藍裙，放下藤製書籃，穿上旗袍，手抱大疊洋裝書，每日黃昏，先乘電車到中環，再從中環坐巴士到半山般咸道的港大校舍去上課，在我的生命中又邁上另外一個階段，我以高分考取了嶺南大學中文系，變成了大學生。因為嶺大當時借用港大校舍，只好在夜間上課，而我也初次嚐到當夜校生的滋味。當時嶺大的身分，等於今日的臺大，很難考進去，大部分的學生雖然錄取了，都要先接受補習才能入學。我不但不必補習，還申請到每學期一百元港幣的獎學金，所以父親對我加倍疼愛，每晚我放學時，必定等在我們街口的電車站接我，而且還買好了點心給我宵夜。親恩浩蕩，可惜子欲養而親不在，我已無法報答父恩於萬一。

那個時候的香港，已有點動亂的跡象，治安十分不寧，當街搶劫，時有所聞，手中拿著食物走過，隨時都會被人搶去。一個黃昏，我抱著書去上學，就在一條快到學校的斜坡路上，忽然間有一個小流氓跑過來把我腕間的手錶搶去，然後從小巷中逃走。事情發生得那麼突兀，他的動作又那麼快，我一時竟驚嚇得叫不出聲音來。在我的後面，有兩個我不認識的同校男生，這時他們走上來問我是不是手錶被搶了。我說是呀！他們說，你為甚麼不叫呢？你叫，我們就可以替你去追了。一隻手錶，在年輕的我的心目中是無所謂的，那次的遭遇，只不過是生命中一次小小的插曲罷了！

果然，那年冬天，一向歌舞昇平的香港便遭受到戰火的洗禮。打從日軍偷襲珍珠港那一天開始，日本的重型轟炸機便日夜轟炸港九兩地。沒有防空洞可躲，也沒有別的地方可避的港九居民簡直惶惶然如喪家之犬。可憐的父親又再度拖著一家九口倉皇避難。我永遠忘不了有一夜我們全家躲在一位父執的辦公大廈裡面，每個人都睡在地板或辦公桌上。整夜，窗外炸彈的呼嘯聲和高射炮的隆隆聲交響著，使人心膽俱裂。鋼筋水泥的大廈雖然穩固，一旦不幸中彈，也是無濟於事的，何況那棟大廈位於中環，正是顯著的目標之一，沒有被炸到，是我們命大而已。可能是父親也這樣想通了，第二天就帶我們回到克街的家裡，儘管我們住的只是三層樓房，但那是住宅區，大概被炸的機會也少一點。

沒有多久，日軍便登陸了。我們在陽台上看見巷口的英軍一面嚼著巧克力糖以增加熱量，一面守著一座街頭堡壘。但是，少爺兵似的英軍哪裡是兇狠的日軍的對手，他們只抵抗了一個很短的時期，港九便淪於敵手。

淪陷以後，香港簡直變成了人間地獄。買不到糧食，搶劫頻仍；最恐怖的還是日軍的到處橫行、姦淫擄掠。我們家有著我和二妹兩個長成的少女，真是把雙親的頭髮都愁白。幸而吉人天相，父親有一個晚輩想辦法弄來一罐五磅的美軍軍用牛肉，解決了我們一個時期的伙食問題（天天吃那種Corned Beef，都把我們吃怕了）；而日軍也沒有來騷擾。由於盜匪的多如牛毛，街坊上便組織起來，每家都準備一面銅鑼或銅盤，如果有賊人入侵，那一家就把鑼敲響，其他的人家聞聲必須挺身而起，幫忙捉賊。這也就是今日所說的「守望相助」的辦法。我家沒有銅鑼或銅盤，不過每夜臨睡前也必定準備一個搪瓷面盆和一些洋鐵罐。有一次，在深夜裡聽見鑼聲，我嚇得跳了起來，手腳都發軟。我家沒有別的壯丁，只有中年的父親可以幫忙鄰居捉賊，等到他穿好衣服準備出去時，鑼聲已經停止，大概是鼠竊被鑼聲驚跑了。

這樣的「孤島」，叫人怎住得下去？這時，很多前來香港避難的人又紛紛再度逃難，父親也決定帶我們逃到澳門去。既然要逃難，行李當然是越簡單越好，我們一家從廣州逃到香港，轉眼五年，又積存了不少家當得盡量丟棄才行。有許多跟我們作同樣打算的人在循道禮拜堂後面的體育場上擺起地攤，出售「剩餘物資」；於是，我們也起而效尤。父母親、我和二妹，輪流看攤，把帶不去的東西如花瓶、古董、書籍、字畫和電風扇等等都搬出去廉價。一場戰爭，使得我們這些滿腦子士大夫階級觀念的人，不得不紆「尊」降「貴」，客串攤販，這可算是我有生以來最奇特的一次經驗了。至於有沒有把東西賣掉，我這個糊塗腦筋已經記不得。

不久之後，我們就舉家乘船到澳門去，克街歲月於焉告終。香港不是我的家鄉，只是客居之地，而克街那層小小的二樓，也沒有甚麼值得留戀的地方，似乎沒有甚麼好懷念的。然而，住在克街的五年，正是我從孩子長成為少女的時代，這人生的階段有多重要！這五年的生活雖很平淡，戰爭卻使得它變成複雜而不平凡。

戰後，新婚的我也曾在香港住了幾個月；可是，一則是那時距離克街時代不過四五年，二則那時還是十分年輕，未識愁滋味，居然沒有回到克街去看看舊居。然後，又過了十八年，我已變成了四個孩子的母親，這才又有機會回到香港去。那時，父親已垂垂老了，他親自陪我到克街去「憑弔」往事，街口當年父親每晚替我買點心的紅棉麵包店還在，而我卻有恍如一夢的感覺。抬頭望向那座棲避了五年的小樓，灰色的牆壁已變得近乎黑色，不禁感慨系之：屋子都變舊了，人還能不老嗎？不幸，三年之後，父親就病故，那次我們父女的相聚，也就成為了永恆的追憶。

前年冬天，我到香港探視弟妹，他們告訴我；克街的房子拆掉了。啊！是嗎？那麼我們連憑吊的地方都沒有了。我又到灣仔去，循道會禮拜堂依然健在，只是它紅磚的牆壁已變得很陳舊很黯淡。從循道會步行到克街，我又踏過當年做學生時每天所走的每一步。走到克街口，一看，果然我們住過的那一列灰色樓房通通拆掉了，對面那間小學也已變為酒家，此刻，門口擺滿了花籃，掛著鞭炮，賓客雲集，正準備開幕。

望著我們舊址上的一堆瓦礫，我惘然良久。香港是一個自由世界，我來這裡憑弔舊居，尚有如夢的感覺，假使有一天，我們能夠衝破鐵幕，回到自己的家鄉去，看到了兒時的故宅（假使它還存在的話），那豈不是有如隔世嗎？

（今日生活）

憶抗戰時的愛國行動

我對國家大事之有記憶，大約是自九一八事變開始。那時，我是一個小學三年級的學生，校長通令全體學生臂纏黑紗以為失地誌哀，我也胡裡胡塗地也跟著大家在手臂上帶上黑紗，對這件事的真正意義並不怎麼了解，頂多是對日本軍閥的侵異行動感到十分憤怒而已。

不過，有一件事我卻永遠不能忘懷。老師告訴我們：日本的小學教員常常拿我國著名的水果像山東的萊陽梨和煙臺的蘋果等給小學生們嘗試，並且問他們好不好吃。小學生當然回答好吃。當教員的就說：這是中國生產的，要是你們喜歡吃，將來長大了去佔領中國，就可以常常嚐到了。教導下一代去侵略鄰國，這是多麼野蠻的軍國主義作風。這個侵略者雖然在八年的中日之戰中慘敗，但是在戰後的三十幾年，又崛起成為世界上有數的經濟大國之一。這不但使得我在童年已對它的野心和暴行感到氣憤，到今天還是覺得上天無眼。

民國廿五年十二月的西安事變，我也還有多少印象。那年的耶誕節，蔣委員長脫險歸來，全國歡欣鼓舞。那時我住在廣州，記得這個消息傳來，立刻到處歡聲雷動，鞭炮聲不絕，可見他老人家多受國人擁戴。

然後就是沒齒難忘的蘆溝橋事變了。七月七日應該是已經放暑假了，然而我卻清楚記得級任老師一面流淚一面把日寇發動侵華戰爭的消息告訴我們，我和同學們也都悲憤填膺，可能那天是暑期的返校日吧？從此，我隨著父母展開了一連串逃難的歲月，等到八年抗戰勝利，我已長大成人。

在香港唸高中的那三年，表面平靜，可是逃難到香港的中國人，並沒有忘記了祖國的戰爭。社會上經常有人發起獻機救國的募捐，大家也無不紛紛樂捐，不肯後人，情況的熱烈，也不亞於今日。

旋律雄偉、優美悅耳的愛國歌曲演唱會，也時時舉行；記得我上高二時，我們的學校舉行歌唱比賽，我們那一班，就以四部混聲大合唱唱出黃自作曲的「旗正飄飄」而贏得高中二組第一名。事隔多年，那動人而美妙的旋律我還沒有忘記，不過歌詞卻忘得七零八落。

港人對政治雖然沒有興趣，但是因為那個時候大陸逃出來的中國人很多，多少也帶動一些本地人的愛國心。有一次，當地推行「一碗飯運動」，勸人減少飲食的浪費，把節約的金錢移作愛國捐獻。父親買了兩張「一碗飯運動」的票子，帶我到一間飯館去「兌吃」。跑堂的收了票子，送來兩份以蝦仁、叉燒、豌豆仁和鷄蛋作配料，紅、綠、黃、白雜陳的揚州炒飯，十分美味可口。當時我想：吃這樣的炒飯，就是要我天天實行「一碗飯運動」，我也願意啊！

今日的臺灣，窮吃濫飲的風氣較之當年的香港，可說有過之而無不及。要是也有人起而推行「一碗飯運動」之類的運動，不但可以獻金救國，也可以藉此遏止社會上奢靡的風氣。不知有心人以為如何？

就在抗日戰爭進行得如火如荼的時候，共產黨徒已開始蠢蠢欲動，他們的統戰觸角也伸到了海外。我上的是教會學校，同學們多數是富家小姐，大家的思想都純潔得很。不過也有少數比較活耀的到外面去參加某些合唱團，加入某宗教，結果，她們之中就有人中了共匪的花言巧語，受了他們的蠱惑。後來，竟有一個人離家出走失踪了。她到了甚麼地方去，大家也都心照不宣，為之痛心不已。

太平洋戰事爆發，我又隨家人逃難到澳門去。那時，在蔣委員長的號召下，多少知識青年投筆從戎，組成了十萬青年十萬軍。我也是個熱血青年也渴望能夠親身參與這場神聖抗戰。可是，一則我膽子太小了，沒有人結伴，我不敢獨自到內地去；二則，我身為長女，當時因為父親生病我不得不暫時輟學，出去工作維持家用，也無法離家。以後，雖然有機會到了大後方的桂林、重慶等地，也穿起藍色陰丹士林布的旗袍，喝黃豆磨成的「咖啡」，吃「八寶飯」，置身於真正的戰時生活裡；然而，由於種種關係，我的壯志始終未酬，這是我畢生引為憾事的。

凡是經歷過抗戰的朋友都說：那時的生活雖苦，但是精神還是很愉快的，現在想起來，恐怕那是由於大家戰志高昂的關係吧？

如今，生活的過度優裕，反而使得一般人醉生夢死，忘記身處非常時期，直至美匪建交這一記當頭棒喝，大家這才猛然省悟，愛國行動又重新抬頭。不過，比起抗戰時期的轟烈事蹟，還是不夠的，撫今追昔，我的感慨真是無窮無盡。

（青年戰士報「新文藝」）

逃難雜憶

我常常這樣想：我們這一代的人何其不幸呀！在成長的期間遇到八年抗戰，然後，喘息未定，又碰到共匪興亂，使得我們的青少年期似乎都在顛沛流離中渡過。如今雖然已經過了二十多年安定的歲月；然而，一想到戰爭，還是猶有餘悸。戰爭在我的心頭上所留下的陰影，是難以抹去的。

第一次逃難

大概是抗戰初起那年的十二月吧，廣州受日機侵襲已有幾個月了，日夜耽驚受怕，真不是辦法。父親便帶著一家大小十人逃到香港去。

船票很難買，好不容易買到了，上船的時候也得費一番氣力。生死關頭，誰不爭先恐後啊！我的么妹當時只有一歲，揹在佣人背後，差一點就被人擠掉。想起來，她的一條小命簡直像撿回來的。

上得了船，卻不準時開行。入夜，又有空襲警報，全市燈火管制，漆黑一片。敵機在上空盤旋，高射砲和炸彈的聲音組成了一支奪人魂魄的交響樂。我相信，除了無知的嬰兒外，一定沒有人睡得著，一定每個人都心驚膽戰。雖然僥天之倖炸彈沒有落在附近，但那真是我有生以來最長的一夜。事隔四十年了，當時情景，猶歷歷在目，可知印象之深。那是我平生第一次逃難，沒想到，在以後的七年半中，又逃了很多次。

做了臨時攤販

在香港過了四年太平歲月，晴天霹靂，日本軍閥又在珍珠港發動了太平洋戰爭，香港馬上也遭遇到空襲的惡運。香港地方小，空襲的恐怖比在廣州時有過之而無不及。

現在回想起來，當時心情最沉重的當是父親了。母親生性柔弱，父親得一個人擔起一家大小的安危。大概是香港沒有防空洞吧，我記得，每次空襲，他就帶著一家人跑到一位父執的辦公大樓去躲，有時，也在那裡過夜。在那裡躲空襲的人很多，有人睡地板，有人睡辦公桌，大家又變成難民了。

有一夜，敵機的轟炸很猛烈，炸彈就在大樓上面呼嘯而過，整夜不絕。再堅固的建築又有甚麼用？不幸命中了，還不是得葬身瓦礫之中？沒有炸到，是我們的命大罷了！

一進入戰時狀態，香港的市面便買不到糧食，家裡一大群孩子，嗷嗷待哺，怎麼辦啊？怎樣去弄到食物來餵飽一家人，當然也是父親一個極棘手的難題。不過，我無法回憶了，因為父親從來不把他的困難告訴他的孩子。

驚恐和飢餓的日子過了幾個月，為了一家的安全，父親決定帶我們到澳門去暫避。起程以前，我們也和大多數要離去的人一樣，把一些不動的、用不著的東西每天拿到一個運動場去擺地攤。這個時候，也顧不到面子問題了！反正也不止我們一家如此。多少知識份子在這裡暫充攤販啊！父母親和我以及二妹，四個人輪流去看攤子，我不記得東西有沒有賣掉了。總之，那些不想走的，準備當順民的人一定可以撿到不少便宜貨。

失學，還得客串攤販。年少的我，一向士大夫階級觀念甚深，每當想到日本軍閥的「賜與」，便恨得牙癢癢的。

從桂林到貴陽

我們一家，從澳門到都城，又從都城到桂林，一年之間，一換了三個地方，到了桂林，才算暫時安定下來。然而，還不到兩年，湘桂戰事又起，我們又再次受到戰火的洗禮。這時，我和二妹因為一時無法復學，已先後考進了當時的粵西鹽務局做起碼的小職員。沒想到，才做了三個月，便得隨局疏散。

父母親決定帶著弟弟妹妹們回到廣東的自由區去，讓我和二妹跟著機關行動。在戰亂的時候，這是生離抑或死別，有誰能夠逆料？我們太年輕了，似不解愁；但是，父母親的內心是如何痛楚，如今，我完全想像得出。

這一次的逃離，雖然不跟家人在一起；不過，因為有同事做伴，大家說說笑笑，而且敵人又沒有跟在背後，所以比較以前的兩次都「輕鬆」得多。

我們從桂林到柳州，又由柳州到金城江而獨山而到達貴陽。從桂林到柳州，有過步行兩日的經驗。也就是因為那時太年輕了，不管白天走得多累，晚上，在學校的教室裡，把兩張桌子一併，沒有枕頭，沒有被褥，就能熟睡如泥，第二天依然精神奕奕，毫無倦容。

從柳州到金城江，我目睹了那有史以來最擁擠的火車。難民，把所有的車廂都擠滿了，於是有人坐在行李車的行李上；有人攀在車頂；也有人用一塊長板架在車底；滿坑滿谷，驚險萬狀。為了不願意做亡國奴，人人都寧願冒生命之險去追求自由的。

由於載得太重，那列火車像平步似的時走時停，一個星期之久才到達金城江。我和一些同事們得以坐在行李車上，雖然擠得無法動彈，但也算幸運的了。

湘桂大撤退大概是我們炎黃子孫在抗戰八年中最後的一次逃難了，因為一年以後日本軍閥便宣告投降。因為難民都集中在金城江，使得這個小小的市鎮頓形繁榮起來。但是，環境衛生也可怕得驚人。滿地泥濘不算，而且還滿地黃金，稍一不慎，即中頭彩。這是每一個到過金城江的人都知道的往事。

從金城江經獨山到達貴陽，到了大後方，才算喘了一口氣。不幸，把我們千辛萬苦帶到貴陽來的粵西鹽務局當局，竟把我們這些女職員臨時遣散了，手邊雖然有點遣散費，但是，人地生疏，叫我們這些年輕女孩子何去何從呢？於是，我和我的二妹，只好又再踏上征途，到陪都重慶去闖天下。

抗戰八年，所可追憶的何只千頭萬緒？然而，一則事隔多年，一則個人善忘，有許多往事已經模糊不清，無法追述。上面所記的，是我在八年中印象最深刻的部分，現在想起來猶有切膚之痛。中華民族真是多災多難，八年的創痛未復，接著便是赤禍橫流。我們雖然幸而置身自由安康的寶島，但是大陸上的父老子弟卻是身在奴役中。受盡苦難的中國人甚麼時候才能過真正的太平歲月啊！

（青年戰士報「新文藝」）

桂林瑣記

我是個既未讀萬卷書，也未行萬里路的人，在我們中國大陸的錦綉河山中，足跡所及地方極其有限。除了出生地廣州，以及抗戰期間逃亡路過的地方不算外，居留過的城市只有上海、天津、粵西的都城、桂林和重慶而已。在上海和天津時，我尚在幼年，還沒有記憶；都城只住了幾個月，重慶停留了不到一年，印象也不深刻；那麼，除了我的家鄉廣州，在桂林的兩年勾留，竟是我在臺北、廣州、香港以外住得算是比較久而且值得懷念的地方了。

我到桂林的時候大概是民國卅一、二年，抗戰已到末期。當時的桂林，人文薈萃，是大後方僅次於重慶、昆明、成都的名城之一。由於逃難的關係，我和弟弟妹妹們都暫時失學，為了減輕父親的負擔，我進入一家五金貿易行擔任文書工作；後來又考進了粵西鹽務局做了一名文牘員。那個時候的鹽務局待遇很好，有金飯碗之稱，我有幸考了進去，而且拿到了委任狀，朋友們就戲稱我為小鹽官。可惜，才做了幾個月，桂林告急，鹽務局把我們帶到貴陽，便把全部女職員遣散，我等於做了一場春夢。

我家當時住在桂林的五美路，剛好我們一家姊妹五人（么妹那時只有五六歲），於是朋友又戲稱我們為「五美」。我們住的是一幢兩層的木板屋，屋子很大，我們住的是樓下的半間。那時桂林的房子多是「竹織批蕩」（裡面是竹子編成的架子，外面塗以泥土和石灰）的，能夠住在木屋裡，已經很不錯。從小一直住在西式樓房裡的我，對木屋中裱著棉紙的紙窗，非常感到興趣。我在每一面窗紙上大膽地繪上塗鴉似的國畫，還記得其中一幅是「霜葉紅於二月花」，一幅是「山雨欲來風滿樓」，一幅是「春江水暖鴨先知」。畫好以後，再在棉紙上塗上椆油，棉紙便成半透明狀，而且比較堅固和防水。在逃難期間而有此雅興，亦算是苦中作樂。

桂林的路名有不少相當雅，五美路是其中之一。我每天從五美路到鹽務局上班，都要經過環湖北路。那裡有一個小小的湖，湖畔垂柳依依，樹下有石凳供行人休息，是桂林人黃昏納涼的好去處。我很喜歡這個湖，不單只因為湖本身的美，也因為它使得路名變雅。鹽務局位於麗獅上（？）路，那已經是郊外了。麗獅，這路名又是多可愛呀！這條路頗為荒涼，鹽務局大門對面，有幾家臨時搭成的小食店，專門做鹽務局職員的生意。記得我第一天去上班，因為誰也不認識，只好一個人跑到小店去吃中飯，那天的客飯的菜是蒜苗炒牛肉，其味之美，至今難忘。

從路名之雅，我又想到桂林最雅的一個地名——花橋。花橋位於桂林市的對岸，跨過一條小河，橋下兩個半月形的橋洞，倒影水中，就是兩個圓形，頗饒情趣。從花橋，不能不順便提到桂林的名勝：七星岩、獨秀峰、象鼻山等等。桂林由於地質的關係，所有的山峰都是石質，而且個個奇峰突出如筍狀。七星岩內深邃無比，據說可通至廣東的肇慶。是一個理想的天然防空洞，也是桂林人跑警報的所在。獨秀峰就在灕江的岸邊，以它一枝獨秀，如一柱擎天而得名。象鼻山也在江邊，形狀就像一隻大象臨流以鼻子吸水，鬼斧神功維妙維肖。

說到灕江，那真是我夢寢難忘的地方。大家都知道桂林山水甲天下，陽朔山水甲桂林，事實上，桂林山水之美就美在桂林到陽朔這一段的灕江上。這裡是灕江的上游，江水澄碧，清澈得可以清楚地看到河床上的一顆顆鵝卵石。兩岸都是筆立的奇峰，澄碧的江水清晰地反照出它們的倒影。乘船從江上經過，但見山青水碧，滿眼濃綠，境界之清幽，就像人在畫圖中。

我曾經三度經歷過灕江的水程，所以印象頗深。第一次是隨著父母從梧州坐木船獅河而上，歷時二十幾天，越到上游，景色越美，從陽朔到桂林之間，乃到了美的巔峰。這一帶的山水，空靈無比，彷彿不食人間煙火，置身其中，都嫌自己庸俗。第二次是隨鹽務局疏散，從桂林經陽朔而到平樂，又享受了一次人在畫圖中的福份。第三次是勝利還鄉，我從重慶經貴陽、柳州、桂林、梧州回到廣州，再走來時之路，心情自是完全不同。八年的苦難過去了，我們已獲得全面的勝利，在輕鬆愉快中欣賞灕江的美景，更是覺得它勝似天堂。

除了清幽絕俗的山水，桂林似乎沒有甚麼特別的名產，大概三花酒和桂林米粉就算是它的代表了。三花酒很烈，當時好像與貴州的茅臺酒齊名。那年的端午節，我因為年少無知，喝了一小杯，竟因此而足足頭痛了一個星期，躺在床上不能起來，還得忍受樓上小孩在木樓板上重踏的噪音，可說吃足了苦頭。

桂林米粉相當美味，湯中除了幾片切得薄薄的紅燒瘦豬肉片和葱花外，還有一些研碎的炒花生米，所以特別香脆。最具特色的是馬肉米粉，馬肉乾乾的，類似火腿，也是切成薄片。盛馬肉米粉的碗很小，比醬油碟子大不了多少。據說是馬肉性燥，怕人多吃有害之故。在馬肉米粉店中，每一位客人的面前，吃過的小碗往往都疊到半尺高，一個人一次吃個一二十碗，算不了一回事，也可說蔚為奇觀了。桂林，這個廣西省的省會，戰時後方的重要城市，它充滿朝氣而樸素的市容，三十多年來，已漸漸在我的夢魂中模糊了。依稀在目的，只有象鼻山那頭碩大無比、臨流飲水的石象；花橋那兩個橋洞的倒影；還有山青水碧的灕江景色而已。而我們居住了一年多的那間木屋、鹽務局的外貌、環湖路旁那個小湖……一切的一切，卻已逐漸在我的記憶中褪色。

雖則如此，卻仍然有一件事使我永遠不能忘懷。那一年的暑假，國立政治大學在桂林招生，我那時也是個報國有心的熱血青年，就想投考。我記得是母親陪我去報名的，當我們母女兩人走進那間破舊的學校（報名的地方）時，只見前來報名的全是男生，一個女孩也沒有。我一膽怯，回頭就走，而母親也沒有從旁鼓勵我，就此放棄了一個機會。假使當年我進了政大，而不是上普通的大學，後來一定會從政而得以效忠黨國；那麼；今日的我也許就不至如此庸碌了。一個人的一念之間，往往會轉變了他一生的命運，我這段在桂林的小小插曲，就是一個有力的證明，如今一想起來，也不禁為之惘然。

（婦友月刊）

訣別

四川輪緩緩駛入鯉魚門，我雜在許多乘客當中，站在輪船的左舷，靠在欄杆上，在耀目的南方暖陽下，瞇著眼睛眺望著漸漸接近的香港，一股近鄉情怯之感油然而生。香港不是我的故鄉，但卻是少女時代居留了五年的地方，我的家人現在又居住在這裡，而我已經有十五年沒有見到他們，因此，我對這個海島也沒有著一份依戀之情的。

輪船已駛進了香港的海面，現在正傍著岸邊前進。柴灣、筲箕灣過去了，我看到了北角一棟棟聳立的樓房。我的家人就住在北角，哪一棟高樓才是我的娘家呢？我伸長脖子遙望著，明知在一個半鐘頭之後就可以見到他們；然而卻是有點急不及待的，尤其是一想到年邁的雙親，更是恨不得立刻飛到他們身邊。

好不容易等到輪船靠了岸，驗了關；我吃力地提著一大一小兩件行李跟著其他旅客步下跳板，走上碼頭，一雙眼睛還得忙著搜索來接我的家人。然後，我終於看到了在閘外的父親，我父親也剛好在這個時候看到了我。

我挽著行李蹣跚地走出閘外，走到父親面前，一別十五年，真是有著隔世之感。若不是由於禮俗，我真想緊緊抱著父親，痛哭一場。父親老了很多，也瘦了很多。七十五歲的他，雖然還不至老態龍鍾，不過已經十分憔悴，這使我心疼得不得了。更令我難過的是父親現在變得非常沉默寡言，多年不見，他除了簡單的告訴我：「你母親在家裡等你，你的弟弟妹妹們上班的上班，上學的上學，沒有辦法來接你。現在我們回家去吧！」

我們僱了一部計程車回到北角那棟我從來不曾到過的家裡，在進屋以前，父親又說了一句：

「屋子太小，你看見了一定很失望的。」

我走進屋裡，比父親年輕十一歲的母親從房間走出來，母女兩人立刻熱烈擁抱起來。母親也很瘦，不過還沒有現出老態。又回到父母身邊，我雖然已做了四個孩子的媽媽，此刻也覺得自己十分年輕，也十分開心。那是我十五年前第一次從臺灣到香港省親的往事。那時，飛機不像現在這麼普遍，坐一趟船，得花兩天一夜的時間哩？

那間屋子的確很小。幾年之後，我的弟弟妹妹在高級的半山區買了新房子，可惜父母親都已作古，無福消受。在那之前，由於所服務的報社長年欠薪，我的經濟情形也不佳，一直沒有辦法給家裡寄點錢以表示孝思；後來，我有了能力，而雙親已不在人世。「樹欲靜而風不息，子欲養而親不在」，真是人間最大的憾事。在我的記憶中，父親一向是個風趣而健談的人。他早年留學美國，卻沒有沾上任何洋氣，只除了育嬰的觀念以外。我聽母親說：我是個七個月就出生的早產兒，先天本來就不足，所以身體十分瘦弱。偏偏父親那時從美國回來沒有幾年，認定只有牛奶才有營養，絕對不准母親餵給我稀飯或米湯之類，缺乏碳水化合物的結果，我到一歲還不會站立，整個人都軟塌塌的。至於後來我是怎樣反弱為強，我就不知道了。

我說父親沒有沾染洋氣，是因為他有許多嗜好，都是非常中國的。他喜歡讀詩詞，買古董、字畫、線裝書，聽平劇，逛花市，完全是一副舊式讀書人本色。我小時候，父親教我讀唐詩、對對子、背詩韻；我相信，我後來之所以愛上文學，恐怕是父親給我的影響。

父親在我們姊弟面前，不像別的父親那樣板起面孔、高高在上；反之，他常常跟我們下棋、說故事、開玩笑、打成一片；而他在朋友之間，也是經常言笑晏晏，人緣極佳。所以，他給我的印象是風趣而健談的。想不到，那次回港，卻彷彿變了一個人，他是那麼沉默，那麼落寞，甚至不參加我們兄弟姊妹跟母親的圍坐話舊，共敘天倫。固然，父親的晚景並不得意；可是，甚麼事情使得他那麼悲觀消極呢？我問父親為甚麼不參加我們的聊天，他居然回答：「我沒有甚麼話好說呀！」母親偷偷告訴我：父親的健康已經不行，人也開始變得懵懂，有一次出了門，竟然認不得回家的路，還是別人送他回來的。

唉！人老了真的就會有這麼多麻煩嗎？怪不得有一次父親寫信給我，發信人的地址竟和收信人的一樣。當時我還笑父親糊塗，原來那卻是下意識的。

我那次回港，父親曾經主動陪我到抗戰時居住了五年的那棟小樓去憑弔往事。經過了二十幾年，那棟灰色的小樓還依然屹立，只是那灰色更黯淡了。於是，一種恍如隔世之感又兜上了心頭。巷口的一家麵包店也依然還在，我想起了當年我在嶺南大學上夜課（因為嶺南借用港大校舍，只好利用夜間上課），父親每晚在巷口的電車站等我回家，而且還一定先在那家麵包店買好了我愛吃的點心給我的往事。我問父親還記得這件往事嗎？父親只是淡淡一笑，搖搖頭說記不得了。啊！此恩此德，叫我怎能忘？後來自己做了母親，那才知道：父母愛護兒女，是出乎天性，他們絕對不會放在心上，也從來不希望兒女去回報的。他們是「施恩勿念」，要是做子女的也能夠「受恩勿忘」，世間上就不會有忤逆的兒孫了。

雖然從來沒有飛黃騰達過，不過，父親的一生是極為多姿多采的。他留美時讀的是商科，他中英文的文筆俱佳，又寫得一手好字；就我所知，他一生中從事過的都是教授、英文秘書、科長、稽核這一類的工作；他到過瀋陽、北平、天津、上海、漢口、廣州灣、桂林等地；他服務過的機構有大學、銀行、鐵路局、建設局、貿易公司等等，人生閱歷可說豐富已極。可能就是因為經常變換工作，所以他沒能夠爬得很高；又因為兒女眾多，家累太重（還有幾位親人靠父親生活），手頭始終無法寬裕。我記得父親在給我的信中說過：「滾動之石不生苔」，所以他這一生就是積聚不到錢財。言下之意，非常後悔。我也不知道父親為何要常常變換工作，他那個時代的留學生，幾乎人人都做了政府要員，假使父親不是經常更換工作的話，我相信也是一樣的。

當然，戰爭也使得父親的事業受到影響。抗戰期間，一次又一次的逃難，又叫他怎能不變成「滾動之石」？勝利後，父親年紀大了，當年大家對他爭相延聘的情形已不再出現。大陸淪陷，他再度舉家從廣州逃往香港，到了那個時候，找到一份能夠養家的工作就已經不錯了。等到我那次回到香港，父親已經沒有正式工作，只是去替一個商人補習英文，一週去幾次，大部分的時間都閒著。而他的老朋友們又作古的作古，出國的出國，都已風流雲散。一個人到了暮年，怕的就是精神沒有寄託（他當年的種種嗜好，如今已沒有興趣），也就難怪父親的由默默寡歡而導致身體日趨衰弱了。這真是老年人的悲哀啊！

那次，我在家裡逗留了十天，也重享了做人子的歡樂。分手的時候，我看見父親外衣的肩上沾著一些頭皮屑，就輕輕地替他拍去，然後握著他的手說：「爹，請多保重，我會再回來的。」

「不，這恐怕是我們最後一次見面了。」父親黯然地說。他這句不祥的話，使得我一直哭泣到上了船為止。

其實，父親那時除了精神有點恍惚，身體倒是還很健朗的，他為甚麼會說出這種消極的話？難道老年人會預知自己的壽限？

果然，不幸一語成讖，那次分手，果成永訣。三年之後，我突然收到弟弟從香港拍來的電報。電報中「父逝」兩個字像晴天霹靂般的把我嚇呆了。接著，又收到妹妹們的來信，知道父親死於胃出血，病來得快，去得也快，沒有任何遺言，也沒有甚麼痛苦。啊！父親，我不相信您沒有遺言，我知道您一定有許多話要說。您不是一直耽掛著淪陷在大陸的二妹嗎？您為甚麼走得那樣匆促？您還有兩個女兒不在身邊呀！

父親去世時享年七十八歲，去弔唁的親友都以父親已享高壽來安慰弟妹們。然而，在做子女的人的心目中，我們多麼想他老人家多活幾年，尤其是今日醫藥發達，八九十歲的人還健康得很的多的是。父親假使還健在，今年足足九十整，母親還不到八十，也還不算太老哩！

說來真是不孝，父親過世時我因為來不及辦理出境手續，沒有回家奔喪。再三年之後母親也因為胃癌去世，我也為了同樣理由，沒有回去親視含歛。內心的那份不安與歉疚，真是難以形容。

又過了兩年，我這纔有機會再去。弟妹們迢迢路遠的陪我到西營盤的基督教墳場去拜祭父親的墓。姊弟六人獻了花，然後躬鞠致哀。但是，這樣做又有甚麼用？已安息了五年的父親會知道嗎？

最悲哀的是，由於母親不是基督徒，無法安葬在基督教墓地，只能葬在柴灣的公墓裡。那天，我們姊弟謁過了父親的墓，又到柴灣上母親的墳，兩位老人家的墓，恰好在港島的東西兩端遙遙相對。我們做子孫的，兩處奔波倒沒有甚麼關係；但是兩位老人家死不能同穴，而且相隔那麼遠，他們在天上一定很寂寞。

如今，我自己也已步入哀樂中年，兒輩亦已長大成人。他們在國外忙於學業，有時也會一兩個月不寫信回家，這時，我便會覺得他們很不孝，真是白白把他們養大。但是，當我想到自己除了在戰時曾經為了家庭而中斷了學業外出工作，每個月都把薪水袋原封不動的交給母親外；勝利後結了婚，便不曾分擔過父親的家計，雙親是否又會怪我不孝呢？我想他們不會的，養育子女，誰又是一心一意期望他們回報的呢？不過，無論如何，我總是覺得我這一輩子對父親的虧欠太多了。

（婦友月刊）

故居滄桑

我不是對物也有情的那種感情豐富的人。有時，我甚至會喜新厭舊，對那些用舊了的東西看不順眼。可是，不知怎的，我對住過的房子和到過的地方卻特別懷念。譬如說：抗戰時期我曾經在香港一幢灰色的小樓上住了四年多；戰後，我每到一次香港，就要到故居去憑弔往事一次，直至大年前冬天它被拆除為止。

流寓臺北，轉瞬已經將近三十年半，在這三十年中間，我曾經搬了六次家，住得最久的一次長達十五年，也有只住一年多的。很巧，這六個地址，除了最後三個都是永和外，其餘三個都是在臺北市的西南角，彼此相距不遠。幾年前，我住在永和的中正路時，每天下班，從萬華的大理街搭乘臺北客運七路車回家，奇怪得很，它所走的路線，竟然經過我所住的每一個地方：長沙街、康定路、植物園側的漳州街口、永和的和平街。於是在擁擠的車廂裡，每經過一次故居，我總忍不住翹首悵望，沉湎於往事中。這些故居，有一間已經拆除了，有一些則只看到巷道而看不到房子；然而，我對這些熟悉的街道與房屋是何等的親切！這些地方，曾經留下我無數足跡，也曾經埋葬了我不少少壯的歲月。

我永遠忘不了卅八年夏天，我和外子一人手中抱著一個孩子，帶著簡單的行李，從廣州坐船到基隆，從基隆坐火車到臺北，然後又從臺北火車站坐著高高的人力車來到康定路那家報社的公共宿舍的情景。破舊的日式房屋，空間狹小、光線幽暗，我對它毫無好感。不過，我明白這是逃難，我們只是暫時棲身在這個海島上，不久，還是要回去的，那就何必挑剔呢？隨遇而安可也。

在那間只有四疊半的日式房間裡住了一兩個月，我們一家四口便搬到長沙街的一層港樓上，跟一位朋友合租，算是有了我們在臺灣的第一個家。我們只有一間房間，一張竹床、一張帆布床、一張小床，還有一張小小的書桌，那就是我們全部的財產。那個時候，人生地不熟，我那兩個孩子，一個不到三歲，一個一歲多一點，整天纏著我，我既不能外出工作，也沒有屬於自己的時間與天地，那種沒有精神生活的日子是怎樣過的，我已記不得了。年輕的我，還有點渾渾沌沌的，對一切都無所謂，大概日子也就是糊裡糊塗的過去吧？

在那裡，第三和第四兩個孩子也相繼降生。老四還沒有滿月時，因為房東要把屋子收回自用，我們又搬回康定路的宿舍去。這次所住的房間比較大，後來又擴充到兩個房間加上一間小小的客廳，但是仍然顯得很侷促。做夢也想不到，我們在那棟危樓上竟然一住將近十五年，而且經歷過好幾次大颱風和大地震，那段長長的歲月，真是我一生中極不平凡的經驗。

那棟危樓，由於位於電影街的邊沿，常有朋友在逛街之餘順步去坐一會兒。當她們走上岌岌可危的樓梯，穿過擺滿了爐子和廚具的狹窄甬道，隨時還得提防高跟鞋的細跟插在樓板裂縫中之後，走到我們房間裡時，總會說一聲：「你這裡簡直是別有天地嘛！佈置得好雅啊！」天曉得在那個鴿子籠中那有甚麼佈置，只不過我把房間收拾得整齊一點，而且牆上有畫、瓶中有花罷了。跟外面髒亂的環境相比，自然顯得不同。

在那棟危樓廊走上的臨時廚房中，我學會了下廚烹飪；在房間靠窗的地方放了一張小書桌，我開始了爬格子生活，學習寫作，也開始到社會上服務。身兼三職，不但不會感到勞累，反而幹得十分起勁，可見惡劣的環境反而會令人發憤向上。我的四個孩子，起初只能圍在飯桌上做功課，後來才兩個人合用一張書桌；但是他們的學業成績都很好，從小學到大學，通通進的是一流的學校，這也可以證明環境並不能移人。

我們在危樓拆除的前一年遷出，為了上班上學方便，就在靠近植物園的漳州街找到了一層兩房一廳的二樓。現在看來，那只是起碼的舊式公寓房子；可是，跟那棟危樓相比，又自是舒適十倍。我們恢復睡床（已睡了將近十五年疊蓆了），又買了一部黑白電視機，這才算是接觸到現代生活的一部分。過去，雖然時常看電影，但是，家裡的電化用品只不過是一部手提的收音機而已。

這座小樓我們只住了一年多，因為住在樓下的一個婦人神經有毛病，而我們每天得從她的家出入多次，頗受威脅，只好急急忙忙的又找房子。這時，弟弟一家已在永和置了產，便邀我們也搬到永和去。我因為聽說永和小偷很猖獗，曾經一口拒絕，聲明絕不考慮這個地區。誰知如今急不擇食，只好自己打自己嘴巴，竟也到永和去物色新居了。

我們搬到永和的第一個家是在和平街口，靠近樂華戲院，交通便利，地點繁華。那是一層所謂的港樓，三房兩廳、前後陽臺，面積頗大；雖然舊了一點，也差強人意了。既然急著搬家，也沒有多作考慮，馬上就決定下來。住進去以後才發現一個大缺點：曬臺是公用的，而且到曬臺的樓梯就在我們屋裡，一樓二樓的人要到曬臺，我們必須替他們開門；一樓二樓有人在曬臺上時，我們就不能外出。這是何等不方便！忍耐了一年多，我們只好又再度搬家。越搬，離鬧市區越遠，這一次，我們搬到永和的邊沿，中正路的頭上，再下一站，就是中和的南勢角。

這次是剛蓋好不久的新公寓，一切都相當滿意。屋後可以望見青山，馬路對過就是稻田，環境還真不錯；於是，我們一住就是八年。之後，房子住舊了，空間也漸漸感到不敷應用；本來相當清靜的環境，已變成鬧市。四周的公寓房子，真是像雨後春筍般的到處崛起，人滿為患；門前的大馬路，是十幾線公車的車站，整天塵土飛揚、喇叭聲和馬達聲深夜不絕，已令人到了無法忍受的地步。於是，我們又興起了遷地為良的念頭。

這一回，我們仍然以永和為目的，因為在永和一住將近十年，我們已愛上這個適宜住家的小鎮了。同時，飄泊半生，一直寄人籬下，這時也興起了置產的念頭；終於，我們在福和橋附近河堤旁邊找到了相當符合理想的家。這裡環境清幽、空氣新鮮，房子又是新建的，面積比原住的為大，格局也令人滿意；雖然交通不怎麼方便，也不予考慮了，天下哪有十全十美的事呢？

於是，在兩年前，我們開始擁有了真正屬於自己的房子。除非中了愛國獎券，我想：我們大概不會再遷居了吧？偶然乘車經過以前住過的故居：長沙街的那棟港樓早已變成一處政府機構；康定路的危樓已經拆除；漳州街的二層公寓已被新建的高樓遮擋著；和平街的樓房依然故我；中正路的房子則似乎更加陳舊了。這些故居，無論它們依然存在或者已經消失，我都曾經在那裡度過我生命中的一段歲月，我對它們都是有著深厚的情感的。每一回憶，往事便歷歷在目。假使有一天，我回到大陸上我兒時和少年時的故居（假設它還存在的話）去憑吊，我的情緒一定會激動得無法自己，更不知涕淚之何從了。

（新文藝月刊）

西門話舊

有很多人很討厭臺北市的西門鬧區，因為那裡總是又擠又亂、空氣污濁、噪音盈耳，除非是十分愛熱鬧的人，否則都會感到無法忍受。

我是個不愛熱鬧的人，我也很怕西門鬧區的擠與吵；可是，我卻常常到那一帶去逛逛。有時，是為了買東西；有時，卻只是為了去重溫舊夢。因為我曾經是屬於那個地區的人，我對它有著一份特殊的感情。

剛到臺灣的時候，我在康定路峨嵋街口的一棟日式木樓上渡過了十五載寒暑。在那棟簡陋不堪、搖搖欲墜的危樓上，我從一個連開水都不會燒的少婦熬成一個精明能幹的主婦。我在奶瓶、尿布、鍋鏟與掃帚之間學會了爬格子，我的四個孩子中，老大在那裡從幼稚園唸到大學，老么也快讀完初中。

在那漫長的歲月中，有眼淚也有歡笑。生活雖然很苦，精神還是相當愉快。孩子們的天真可愛，往往使我忘記了現實的煩惱。那個時候年輕貪玩，由於幾家電影院都近在咫尺，我和丈夫一個星期總有兩個晚上在孩子們入睡以後偷偷溜出去看電影。有時，孩子不肯睡，一想到片子就要開映了，就心急如焚，無名火起。現在想起來，那時的行為實在太幼稚了，少看一次不可以嗎？要不然第二天才看難道又不可以嗎？一個年齡有一種想法，我今日對當年自己的不了解，正如自己當年對年長的人不了解。我認為代溝是不可免的，我們不能期望每個年輕人都老成持重，中老年人個個有如赤子吧？

那個時候，大家都還沒有電冰箱，家庭主婦們還是得天天去買菜。經過了十五年的天天跑西門市場，又因為我會說閩南話，有很多攤販我都熟得不得了。如今我搬離那裡又已十多年，偶然到西門市場去買東西，有些攤販還認得我，還很親熱的打招呼。在他們而言，可能只是一種做生意的手段，在我而言，卻也感到一份人情的溫暖，有如晤故人之樂。有些雜貨店的老闆或攤販，他們不認得我而認得他們；多年不見，我忽然又走過他們的店前或攤子前，當年的少年郎已變成了紅光滿面的中年漢子，當年如花的少女已變成了腰如水桶的阿巴桑，而當年的中年人，今日則已垂垂老去。於是，一種歲月無情、世事滄桑之感，又會無端端的兜上心頭。

西門市場側，紅樓劇場旁邊的幾家百貨店、布店、五金店，也是我當年經常光顧的。他們都是舊式生意人，作風平實、價格公道。事隔多年，他們的店鋪還是那個樣子，完全沒有改變。起初我很耽心他們無法夠跟現代那些裝潢得富麗堂皇的大規模百貨公司競爭；但是，事實證明他們還是可以生存下去。我想：正是由於他們作風的平實以及售價的低廉，所以仍然擁有他們基本的顧客吧？

成都路上一家早負盛名的西點麵包店，也是我每天都光顧的。那個時代，他們的麵包做得比誰都好，生意非常興旺。如今，他們的生意更加興旺了，店面擴大了一倍，也開了分店；可是，他們的麵包、西點的水準卻不如前了。是他們不求上進、自甘退步，還是高級的麵包店太多，相形之下，便比不上別人呢？

「昔別君未婚，兒女忽成行。」這兩句詩，正可以為我們當年一同住在那間大雜院似的日式木樓公共宿舍中的老同事的寫照。那時，大家都還很年輕，不是新婚，就是還打光棍。如今，雖然大多還住在北市，不過平日也很少往還。

一別多年，偶然在路上遇見，彼此都發現對方體重增加了，頭髮斑白了，臉上的皺紋也多了，真是「少壯能幾時，鬢髮忽已蒼」，想起失去了的青春，內心總不免感到絲絲惆悵。可喜的是，大家的境遇似乎都很不錯，最令人欣慰的是下一代都已開始嶄露頭角。有的在國外得了學位，有的在國內謀得高職。我們之中，也有些人已經晉級祖字輩的，在談話間，往往就會眉飛色舞地直誇自己的孫兒如何可愛，其得意之情，簡直比當年自己得子或得女時有過之而無不及。

在臺北一住三十年，這段歲月已是漫長得驚人，而我在西門鬧區一住也十五年，已佔去了人生的五分之一，怎能不令人感慨萬分呢？分別了十多年，卻也偶然會見到面的老朋友和舊識，在我的心目中，已有故人之感；對那住過多年的地區，也感到一種親切之情。那麼，將來回大陸上的家鄉，看到了自己生長的土地，重晤闊別多年的親人，將會激動到甚麼程度？流淚，恐怕也無法發洩這些年來心頭的痛楚吧？

「羈鳥戀舊林，池魚思故淵」；故國的泥土特別芬芳，睹明月而思故鄉，秋風起而思故鄉的蓴鱸，這都是人之常情。我，這個少小離家的遊子，落籍北市三十年，無論在年資上和心理上，都已是大半個臺北人了；然而，我還是常常想起了我生於斯長於斯的故鄉廣州，那就是一種追根與尋源的感情吧？將來，我要是離開了臺北，我也會深深地懷念它的。

從這種念舊邏輯演繹起來，我對西門鬧區的懷念，也可說是人的常情之一吧？現在，我還能夠常常到那邊去逛逛、去看看那些攤販故人，也偶然會碰到當年的老朋友，這種懷念，是並不痛苦的。痛苦的只是，我們對海峽那邊老家一種刻骨銘心的相思。

（青年戰士報「新文藝」）

看照片懷往事

我家有五多。一是書多，每個房間都有，書架上擺得滿滿的，櫥櫃裡也塞得滿滿的，幾乎已達到飽和點。二是唱片多，這是兒子們多年來搜購的成績，恐怕總有一千多張以上。三是收音機多，一家五口，居然每人都擁有一架。四是時鐘多，大大小小各式各樣的時鐘起碼有十幾座，因為外子喜歡拆來拆去的研究。五是照片多，我們自己一家的、我娘家的、親友贈送的，在各種場合留影而具有紀念性的，足足貼滿了大大小小十幾本照片簿，還有那些早期沒有整理的也裝滿了一個大盒子，這恐怕是五多中最多的一種了。

有一天，我忽然發狠要整理舊照片，就不辭勞苦的翻箱倒篋把那一大盒舊照片給找了出來。啊！真不得了！照片的數量比想像中還要多。已經貼在照片簿上的多還不打緊，那些還沒有整理的，有些裝在牛皮信封裡，有些裝在照相館的封套中，每一封都裝得鼓鼓的，真不知從何著手。最煩人的更是那些底片，當年也不知是糊塗還是懶惰，竟然通通沒有分類；也沒有好好的用透明的封套裝起來。經過了恁些年月，有的已黏在一起，有的已經模糊不清。於是，我只好暫時不管那些底片，一心一意去整理照片。

在全部照片中，歷史最悠久的是外子一張嬰兒時的照片，那是在照相館拍的，他穿著一套中裝衣服，坐在一張籐椅上，面上露出驚訝的表情，非常有趣。難得的是，這張照片經過了六十年的歲月還是很清晰，一點也不模糊，真可說是傳家之寶。另外一張是我大約兩三歲時跟母親一起照的，是所有照片中的第二號古董。也是在照相館照的，背後還裱著厚厚的紙板。母親穿著鳳仙裝的白衣裙和白高跟鞋，含笑坐著。我穿著純白的童裝，依偎在她的身邊。多美的一幅畫面！可惜這家照相館沖洗的藥水不行，照片已相當模糊，恐怕不久便會看不清了。

有幾張我在幼年隨著雙親到北平去遊玩的照片也是彌足珍貴的。其中有一張的背後用毛筆寫著「攝於北海公園」幾個字，那是母親的筆跡。照片中有父親母親以及我和二妹，還有幾個我不認識的人。壯年時期的父親身材健碩，穿著一襲長袍，看來儒雅而偉岸，使得站在他身旁的母親顯得更加嬌小；而我和二妹更是小得只到他的大腿。

幼年時代我曾經在天津往了三年，在那三年之中我和二妹照了不少照片，有幾張放大的，到現在還清晰如新。我們姊妹倆都留著娃娃頭，二妹一張圓臉、矮矮胖胖的樣子像煞日本的玩偶。我則比較清秀，一雙大眼睛彷彿十分懂事。

從那個時候到小學畢業，中間似乎一片空白，竟然一張照片也沒有。一直到了初中，才有幾張穿著童子軍制服的，還有一張是兩個最要好的同學在照相館拍的。當日情景，還依稀在目，然而一幌已四十年。那兩位同學，一個陷在大陸，一個遠適異國，早已不通音問了。

高中以後，照片漸多。我一面翻，一面想到往事如煙、青春難再，但覺心頭一片沉重，惆悵之情，難以自己。結婚以後，照片更多；不過，從那時開始便很少獨自拍照，不是懷抱嬰兒，便是全家福。因為一個女人在為人妻母之後她的生活就再也離不開丈夫兒女。結婚的前十年，我們每年拍一張照片，以作紀念。第一年只有我和丈夫兩個；第二年有了老大；以後每兩年添一個，等到四個小壯丁都來報到而心目中的小仙女始終不出現時，只好來個緊急煞車，再也不敢添丁了。

一家六口的局勢既定，我們就不再每年在結婚紀念日拍照，只在十週年、十五週年和二十週年拍過。二十週年以後，孩子日漸長大，有的去服役，有的在外求學，一家人會少離多，難得團聚在一起，週年拍照之舉，乾脆取消。老大在廿四歲時便結婚，婚禮後全家拍照留念，是我們結婚二十週年以後首次的全家福。五年以後老二結婚時的全家照，也就代替了我們結婚三十年的紀念照，只可惜老大夫婦遠在太平洋彼岸，使得這張照片有了缺憾。去年，老三也結婚了，老大老二兩對都無法回國參加，那張全家福照片，就更加美中不足。

翻看舊時照片，最容易引起對流光易逝的傷感。尤其是身為女性，更易觸起遲暮的悲哀。我看見自己一些在年輕時照得比較好看的照片，一點也沒有「我也曾經美麗過的」欣慰，反而因為自己變了那麼多而感到難過。而看見一些照得不好看的照片就更加不是滋味：哦！原來我在那個時候就那麼醜了，於是就不免怨恨上天待自己太薄。

在親友的照片中，有些已經作古，有些身陷大陸，有些遠適異國，睹照思人，撫今追昔，真不免有浮生若夢之感。

我的四個孩子之中，以老大的照片最多，可能是第一個孩子比較寵愛之故。看著孩子的照片從躺在襁褓中到光著圓滾滾的身子在曬太陽，到蹣跚學步，到在幼稚園中表演唱遊，到理光了頭穿著小學制服，到揹著個大書包站在建中校園裡，到騎著腳踏車在杜鵑花城中留影，到笑咪咪地穿著寬大的學士袍，到在機場中全家合影，不禁悲喜交集。喜的是孩子們已長大成人，悲的是自己年華老大而他們又一個個離我而去，這就是人生啊！

我花了幾小時去整理舊照片，想不到竟引起這麼多的感觸。我覺得：一張張的照片就是個人乃至全家的歷史和紀錄，要是沒有這些照片，當我們老去之後，又從何去印證那些孩提時和青春年華時一切美好的回憶呢？

（婦友月刊）

輯三　香江新印象

香江新印象

在東南亞，有兩個非常特殊、華洋雜處，而華人又佔了大多數的地方，那便是香港和新加坡。這兩處都是小小的海島，所不同者，香港到如今還是英國的殖民地，而新加坡卻已是一個獨立的國家。

在特殊之中，香港又比新加坡更特殊。因為，新加坡的人種和語言較複雜，有華人、馬來人和白種人，在這裡，我們的國語、閩南語、粵語、巫語和英語都通用。而香港，粵人佔了當地人口百分之九十九，粵語幾乎是當地唯一的言語，英國政府雖然採用英語作為官方語文，近年也承認中文為官方語文之一了。

這個特殊的城市，太平洋戰事發生以前我曾經在那裡上過高中，戰後，在那裡居住過一個時期，這十幾年來，也回去探親多次，所以對它還算有點認識。今年夏天，我又去了一次，所見所聞，多多少少也有點感觸。下面便是個人對香港所得的新印象。

噪音吵人

人人都說廣東人嗓門特別大，我過去一直沒有注意到，很奇怪，這次赴港，卻是深深察覺到週遭環境的嘈雜。尤其是在茶樓裡，人人高聲談笑，喧聲盈耳，使愛靜的我大感不慣。不幸，由於親友的熱情招待，幾乎每日三餐都在茶樓或飯館中進食，不但使我吃怕，而且也吵得我六神無主。

有一次友人招待乘船環島一週，在炎炎夏日中，乘槎浮於海上，既可享受涼爽的海風，又可以明瞭港島形勢，本來是一舉兩得。可惜船上又犯了吵鬧的毛病：搭客固然高聲談笑，麥克風又大放流行歌，加上另一麥克風中播出的沿途解說，集眾吵的大成，構成震耳欲聾的交響樂，娛樂遂變成了受罪。同行友人，均有同感。噪音如此之多，只不知當地居民會不會覺得吵？

萬國旗與高樓燈火

香港地狹人稠，居住一向最成問題。戰後，港府雖然興建很多二十層高的廉租屋，以低價售予或租予低收入者，但是仍然無法解決。這些廉租屋外表雖然相當美觀，不過面積很小，而且沒有陽臺，住戶只好把衣服曬晾在窗外。不但廉租屋沒有陽臺，普通的樓房也沒有陽臺，於是，大街小巷到處都可以看到伸到窗外的竹竿和五光十色的萬國旗，使得港九的市容為之失色不少。

這些高樓，在白天看去雖然不甚雅觀；然而在黑夜裡萬家燈火通明時，卻是非常瑰麗壯觀的。近看固然輝煌而燦爛，媲美如畫的花市燈光；遠觀也是既像滿天星斗，又像遍地明珠。這時，我便會忘記了它們白天的醜惡面目。

市容一斑

香港街道狹窄，又沒有甚麼著名的建築物，所以它的市容實在不值一睹。有些公共場所已有數十年沒有修葺，破舊不堪，統一碼頭即其一。

從前年即開始動工的地下鐵道，縱貫港九，聽說計劃在一九八〇年竣工。工程所經的街道，弄得烏煙瘴氣，居民嘖有煩言：「這才叫未見其利，先蒙其害呀！」

聽說地下鐵路是用以取代落伍破舊的電車的。的確，香港的電車實在太難看，深綠色的車身，還漆滿了巨幅廣告，走得又慢，大有老牛破車的味道，跟這個快拍子的時代太不相襯了。聽說香港的電車和巴士都是英國的剩餘物資，如果此說屬實，那真是殖民地的悲哀了。

行路難

在臺北時，常嫌公車太擠太難等，香港的巴士雖然沒有臺北這樣擠，難等卻是一樣。總之，天下烏鴉一樣黑，要趕時間，還是坐自己的車子比較好。

香港的巴士，其破爛程度跟電車完全相同，有些的鐵門已經生銹，車廂內則油漆剝落，看起來一副破落相。

最令人惱火的是站牌不寫名稱，也不註明這一路車往哪裡去，若非十分熟悉，叫人怎敢搭乘呢！

還有一件不合理的事。九龍的巴士，一律三毛；香港的則有三毛、四毛、五毛、六毛、八毛等多種。他們不賣票，乘客直接投入硬幣即可。這樣一來，每個人出門都得帶一大堆各種面值的硬幣才行？比起來，還是我們的剪票辦法方便吧？

在臺北，滿街都是計程車，一招手就可搭乘，香港可不然。有好幾次，我要趕時間，站在路旁等「的士」（即TAXI的香港譯音），左等右等都看不到空車。好不容易看到，不是招手也不理、就是已把「空車」那個牌子扳下，原來司機先生到了交班時間或者要去吃飯，不想做生意了。遇到這種情形，除了急得滿頭大汗，大嘆「香港行路難」之外，還有甚麼辦法？

我們臺北的計程車不須給小費，過橋也只收一次過橋費五元。在香港，坐的士也要給十分之一的小費，也就說起碼就就是二元二角。你心疼這筆錢嗎？司機對短程客還不歡迎哪！過海底隧道，收費不過五元，但是的士司機要收十元，因為他還要回去。

那次我從啟德機場到住在尖沙咀的親戚家，因為行李有兩三件，的士司機就對來接機的我的外甥女說：「小姐，等一會兒多給點錢飲茶吧！」當時我不明白他的意思，到達目的地，車資不過四元四角，外甥女卻給了他十元，那超過車資本身的小費就是茶錢了。這時，我就不禁覺得我們臺北的計程車實在太可愛。

婦女不打傘

臺北的太太小姐們都喜歡在出門時帶一把洋傘，以免把自己的雪膚曬黑。香港的女士們當然也愛俏，可是她們偏偏不喜歡打傘，我不知道她們是否為了追求歐美的時髦，想學白種女人把一身皮膚曬成煮熟的龍蝦那樣？也不知道是甚麼緣故，她們即使不打傘，熾熱的亞熱帶陽光卻無法把她們曬黑，個個的皮膚依然又白又嫩。

偏我是個老頑固，住在臺北將近三十年，不論冬夏，皮包裡永遠放著一把小陽傘，晴雨兩用；多年來打慣了，實在不能忍受炎夏驕陽的直射，於是，在香港也打傘如儀。起初，也真有點彆扭，因為滿街上都看不到有人打傘，只有我一個人標新立異，也不禁有點不自在之感。後來上街的次數較多，偶然也發現有志一同的，而且她們也多數是上了年紀的婦人，這樣一來，我就更感到吾道不孤了。香港是個人種大洪爐，華洋新舊一律兼收並蓄，再怪的打扮、甚麼樣的奇裝異服都不會有人看一眼的，撐一把陽傘更是無啥稀奇。

從婦女的不打傘我又想到香港婦女的衣著。在一般人的心目中，香港是個國際都市，女性們的打扮一定十分時髦吧？其實，並不盡然。香港婦女的服裝跟臺灣的差不多，而且還沒有臺灣人這麼注重衣著。一般舊式的中年婦女都穿著中式衫褲，這種衫褲，在臺灣早已沒有人穿著了。

在螢光幕上，我早就發現臺灣的影歌星無論在化粧和打扮都比香港的濃艷得多，香港的影歌星比起來反而顯得大方樸素。為甚麼呢？是我們的衣著比較便宜還是生活水準比別的地方高？別忘了我們是處在戡亂時期啊！過度的奢侈哪有一點戰時的氣氛？怪不得范園焱義士看不慣，他也批評我們的小姐太太們打扮得太厲害了。

（婦友月刊）

赴美簽證有感

記得去年中美斷交不久，電視記者曾經報導了國人在南京東路美國領事館門前大排長龍等候簽證的醜惡鏡頭。那些貪生怕死、急於移民美國的人，為求早日得到簽證，漏夜在美國領事館門前排隊，有些人為了持久作戰，還帶了舖蓋在人行道上過夜。在國家危難之時，他們這種自私、無恥、不顧民族尊嚴的行為，看了實在令人齒冷。

美國領事館取消以後，南京東路上這種怪現象不見了；但是，在信義路二段，師大附中對面一幢不起眼的二層樓房的側門，每天又排起長龍來。路過的人，都對這裡經常排列著的隊伍投以好奇的眼光。明白內情的，就知道這些是要向美國在臺協會申請赴美簽證的人。他們必須親自排隊，憑出國護照領取一個號碼，再由美國在臺協會排定會談日期。他們規定每天只掛二百號，因此，有些排在隊末的人便免不了徒勞往返，只有下次請早。自從我國開放觀光以後，出國旅遊的人頓時增多，而一些留生家長又多數利用暑假去探望兒女，因此，在七八月間赴美的人數也比以往都多。雖然如此，這裡的秩序卻非常良好，絕對沒有人插隊，因為有警察在旁協助維持。

我是個很怕擠的人，本來不想湊這個熱鬧。可是，在紐約唸書的兒子們卻邀我在暑期去玩一次，為了不想兒子失望，我答應了他們。申請出境證和護照，委託旅行社辦理，自己只不過到市公所擠了一次去拿戶口謄本而已。簽證，卻非親自出馬不可。那天，天色陰沉，天氣還好不怎麼熱。我在上午九時半到了美國在臺協會門前，一看，那裡已排了一條長龍，不禁倒抽了一口涼氣，幾乎不想去美國了。同行的丈夫說我太毛躁，不夠沉著，還沒開始，怎可以就想打退堂鼓？好吧，試試排排看。老半天，隊伍似乎都沒有移動，有人心急去問維持秩序的警察：以這個速度會不會輪到我們。這種事，警察怎能負責？於是，有人到前面去數人數，再觀察一個人要需時多少，心算一下，似乎午前還有希望，就死心塌地的等下去。

站了一個半鐘頭，終於跟著隊伍走到了窗口。真是感謝那天沒有大太陽，雖然下過一陣雨，不過很快就停了。要是在大太陽下站一兩個小時，恐怕很多體弱的人都要昏倒的。窗口裡坐著一位老先生，戴著老花眼鏡，把我看了一下，是在核對我是否護照的持有人。然後，用釘書機釘了兩張小紙條在我的護照的封面上，紙條上有一個號碼，還有我的名字，以後，我就憑這個號碼去面談取得簽證。

呼了一口氣，離開了窗口。喝！我的後面又聚成了一條長龍。這時已經十一點多了，會輪得到他們嗎？

掛號以後半個月，旅行社通知我三天以後到美國在臺協會面談。美國在臺協會每天掛二百個號，也每天接受兩百個人面談。我的號碼是在兩百號的中間，心想大概不會太早輪到我，就施施然然的依然在上午九時許到達。這次總算不必在馬路上苦候，可以進入有冷氣的室中。我的天！還是要排隊！這隊伍也有好幾十個人啊！原來他們不是按號碼接見，而是採取「先到先得」這個辦法的。現在，我們得排隊先把護照以及一切需要的文件送進一個窗口，先送進去的，先面談。

這是一間空間並不太大的房間，當中排列著十排長椅（已有好些早到的人送了件坐在這裡等候叫號了）。我們這些排隊的人則靠牆排列著。房間的另一面是一列七個窗口，每一個窗口裡面都坐著一個年輕的美國人。播音器不時用標準國語清晰地傳出「第×××號請到×號窗口」這句話，起初，我以為另外有一個中國人在替他們叫號，後來發現是他們自己站起來走到麥克風前說的，就不由得佩服他們的語言天才，同時，也為我們的國語已逐漸成為世界通用的語言而感到驕傲。從前，我們在國內遇到外國人，必定要說他們的話或英語；現在，可是反過來了，到了國外，倒常常有金髮碧眼的人走遍來用道地的京片子問你是不是中國人哩！所以，我們到了國外，應該隨時不要忘記了自己是炎黃子孫，隨時保持泱泱大國國民的風度，切勿露出一副洋奴相，對洋人奉命唯謹，那就有失大國之風了。

這次排隊，也排了一個鐘頭。雖然是在冷氣室中，兩條腿也相當受罪。為了排遣無聊，我就利用這段時間來觀察眾生相。來這裡簽證的人，還是以出國留學的學生為多，他們多數三五成群而來，有說有笑，頗不寂寞。中年以上的阿巴桑們也不少（我甚至看見有一個八十歲的小腳老太太），她們，無疑是去探視兒女的。但願她們不要乘興而去，罷興而返。又有一部分衣著時髦、手提〇〇七公事包作青年才俊狀，則多數是去作商務考察的。至於那些扶老攜幼闔家光臨的，就都是移民的人。對這種人，我倒覺得走了也罷！他們對自己的國家都失去了信心，還留著他們作甚麼呢？

上面我說過坐在窗口裡的幾名美籍青年男女職員個個口操流利華語，而且這裡又是自己的領土，人家跟你說國語，你當然應該用國語回答才對，這是尊重別人，也是尊重自己。我聽見有小部分年輕人，可能自恃英語呱呱叫吧，居然用英語回答。我不知道美國人對他們有何感想，但是我很替他們的忘本與崇洋感到難過。

我終於送了件，再坐候了十來分鐘，就聽見叫我的號碼。跟我面談的是一位留著大鬍子的美國青年。他很禮貌地先開了口：「林太太，你好！」我也回敬一句「你好」。接著，他簡單地問了兩三句話，根本沒有看我的「探親證明」和「財產證明」，就在我護照上所附的小紙條之一上面寫了個日期，叫我到時候來取。我看見很多人都談了很久，像我這樣簡單利落的，似乎少見哩！

簽證大概沒有問題吧？我拿著那張小紙條走了出去。還要等三天才知道結果，固然我並不急著走，不過既然辦了，當然還是希望它成功的。

小紙條上寫著三天之後下午三時半再去，我準時前往，室內又已坐滿了人。我以為隨到隨拿，結果又想錯了。他們沒有準時開始作業，開始以後又先發學生護照。探親、觀光的人等了很久都沒有聽到任何消息，直至後來有人發現：學生護照已經發完，我們這些人也可以去領了，於是，大家又排起隊來。這是為了簽證而做的第三次排隊，未出國門，先受洋罪，想想真是有點不甘心。不過從每一件事看來，我們這個社會之所以處處擠、樣樣擠，完全是人口壓力太大的結果。我們的家庭計劃已推行了二十多年，到目前為止，只有都市中的知識份子懂得實行節育，而在廣大的鄉村以及貧苦的家庭卻依然讓孩子一個接一個的出生，這種現象，實在令人無法樂觀。

還好，這次排隊並不須久候，憑著那張小小的紙條，每個人都很快就拿到自己的已經簽證了的護照。我發現每個人拿到護照時都急急的打開來檢查一下，然後，臉上便會露出得意的微笑。這些人為甚麼那樣急於到金元國去？而我，雖然也急於去看兒子；不過，假使我沒有拿到簽證，也絕對不會去想辦法鑽門路或者乞求的。我是個堂堂正正的中國人，我有中國人的骨氣。

這次出遠門（在朝發夕至的噴射機時代，從臺灣到美國東海岸，到底算不算遠呢？），雖然一切手續都委託旅行社代辦，可是，跑旅行社就跑了無數次，為了簽證的事又跑了三次美國在臺協會，排了三次隊，所付出的時間與體力不知多少。不過，從這方面得來的社會經驗也是非常豐富，極其珍貴的；那麼，我就當作是上了人生的一課吧？

最近報載，留學季節過去，申請赴美簽證的人比較少，現在，美國在臺協會已改變措施：非移民的申請人不必先去掛號，只好把表格填好，連同各種證件送去，就可以面談；然後，再跑一次，就可以領到護照了。我多跑了一次，只有自嘆去不逢時。今後，但願信義路上不要再出現那一條條的長龍，免得丟人現眼。

（婦友月刊）

同船過渡是前緣

「太太，請問你要到哪一個地方？」在包機上，我鄰座有位阿巴桑型的婦人到洗手間去了，坐在她旁邊、模樣有點像去世了的李光輝——在印尼叢林獨自生活了卅多年的山胞——的男人轉遍頭來，用生硬的國語向我開了口。

「我要到紐約去，你們呢？」

「啊！真巧！我們也到紐約。」

「剛才那位是你太太嗎？」因為他們兩個一路上說話不停，所以我才這樣問。

「不是的，這才是我太太。」男人指指坐在他左手的女人，那個女人木然地看了我一眼，沒有說話，而她一路上也沒有說過一句話。「另外的那一個是路上認識的。」

我看見他說國語說得相當困難，就改用閩南話跟他說：「我會說閩南話，你們是從臺北來的嗎？」

「不是啦！阮攏總是南部來的。」男人聽見我的閩南語還可以使人聽得懂，大喜過望。大家用鄉音交談，距離似乎也拉近了。於是，他笑嘻嘻地又說：「起初，我們還以為你是日本人哩！」

這時，那個上洗手間的女人回來了。男人告訴她我也是要到紐約，而且又會說他們的話，她也顯得十分高興。她說：「你真像日本人——假使我們知道你也是中國人，早就跟你說話了。」

我像日本人？這句話我還是頭一次聽到。少女時代目睹過日本人侵華的暴行，我對日本人始終沒有好感，他們的話使得我有點不高興；不過，我知道他們並無惡意，就只好一笑置之。

俗語說：「同船過渡是前緣」。如今，在二十世紀七十年代的末期，在這架從臺北飛往美東的廣體客機上，我居然會跟三位自己的同胞並排坐在一起（全機四百名搭客中，只有九個人是從臺北登機的），難道這不是緣？我們四個人，不但年齡相若，又同是前往紐約探視子女，難道這又不是巧合？

他們三人都來自鄉村，都是第一次出遠門。男的會說一點點國語，兩個女的卻是一句也不會說。當然，英語更是完全唔宰羊。指示燈亮出「繫緊安全帶」和「不要吸煙」的字樣；空中小姐送餐點來問客人「要咖啡或茶」，他們通通茫然無知。於是，坐在旁邊的我，就成了他們義務翻譯。他們這樣勇敢地「萬里長征」，真令人佩服。

我們包機的第一站是阿拉斯加的安克瑞治，也是我們到美國的入境處。在飛機還沒有降落之前，空中小姐遞給我們一人兩份表格，要我們先行填寫。這一來，坐在我旁邊的阿巴桑以及她左側的男士都傻了眼（他的那位太太既不愛說話，臉上也沒有任何表情，反正一切都有她的丈夫負責），他們問我這是幹甚麼的。我告訴他們，他們便求我幫忙。

「假使這是中文，那我就會填寫。」阿巴桑這樣說，表示她並非文盲。「英文的就沒法度了。」

我替他們把六張表格填好，連同我的一份共八份，直填得頭昏腦脹。他們連聲稱謝以後，又表示懷疑：

「你的英文是在哪裡學的？」

「以前在學校裡學的呀！」我說。

「你的先生是做甚麼的？」大概覺得我的年齡跟學校距離太遠吧，男的又加上一句。

「他在新聞界工作。」

「怪不得！原來她的先生是新聞記者。」男的自作聰明地自言自語，阿巴桑聽了也不斷地點頭。

好吧！我之所以還會兩句英文，就算是先生教的好啦！天！這種邏輯，我還是第一次聽到。

下了飛機，我告訴他們，在這裡要檢查護照和行李。這時，男的知道事態嚴重了，在這裡，他們頓時變成了聾子、啞巴和瞎子，怎麼行？於是，他們三人緊緊跟在我背後，要我代為翻譯。當然，這是義不容辭的事，誰叫我坐在他們隔壁？誰又叫我是他們的同胞？

移民局的官員是一個面孔嚴肅的中年人，因為我買了來回機票，又只申請逗留一個月，所以沒有多問，馬上就給我批准了一年的居留。輪到阿巴桑和那對夫婦時，他們既沒有回程機票，又要求停留半年；移民官看見他一副土相，可能也有意留難，就用一個紅色文夾把他們的證件夾住，叫他們再到另外一個櫃檯去。這個紅色文夾是表示持用的旅客是有問題的，誰手拿紅色文夾經過，就會被叫住。第二個櫃檯的移民官又重複一次第一個移民官的話，問他們到美國做甚麼，為甚麼不買回程機票？兩位阿巴桑都說是媳婦快要生產，她們是去照顧孫兒的。我把這些話轉告移民官，他也就不再多問，勉強通過；但是那位男士他卻只給了兩個月的期限。這時，我已經說話說得唇乾舌燥；可是，還得應付海關那一關。

海關檢查員是一名女士。我只是一件大行李，而且因為彼此言語可以溝通，她根本沒叫我打開，揮揮手就通過了。通過以後，我告訴她後面這三位同行的人不懂英語，我願意代為翻譯。她立刻表示感激，還說：假使沒有我，她就不知道怎麼辦了。她問他們有沒有帶肉類、珠寶和禮物，目的是想上稅，我隨機應變的替他們說沒有，並且叫他們打開箱子給她檢查。女關員一看後面的旅客還排成長龍，為了要省時間，也揮揮手通過，還祝福我們四個人旅途愉快。這時，我真是如釋重負。

在安克瑞治機場要停留三小時才起飛，於是，我們四個人就聯袂在機場中四處遊逛，以排遣時光。我想：若不是結識了他們三個，我孤單一個人怎樣渡過這漫長的三個鐘頭呢？固然，我花了時間費了唇舌幫助了他們，而他們也解除了我的孤獨呀！助人豈非真是快樂之本？

此次赴美，去時因須先到香港轉機，多坐了一次華航。鄰座是一個男孩子，起初他用廣東腔的國語跟我說話，經我跟他攀上同鄉關係，兩人立刻就用鄉音親切交談。他說他是加拿大的華僑，已經在做生意了，而我還以為他是個大學生。他的鄰座是個白種男人，一上機就拿出一個小型計算機在埋頭計算。我要經過他的座位時，禮貌地向他說了聲「EXCUSE ME」（對不起），他只是詫異地抬頭望了我一眼（大概是奇怪一個中國女人也懂得西方禮儀吧？），竟沒有作任何「沒有關係」的表示，倨傲得令人生厭。還好那次航程只不過一小時餘，而他和我之間還有那位健談的華僑青年隔開。

在香港轉機之前，我結識了一位也是來自臺北的中年太太，一看就知道是知識份子，大家也談得很投契。可惜，我們的座位不在一起，一上機，大家就都淹沒在四百人的人潮中，再也找不到了。我跟她真是無緣。

到達了紐約的甘迺迪機場之後，在等候行李的時候，我跟我的三位芳鄰仍然在一起。但是，當我拿到了自己的行李，而兒輩也來接我時，我就無法再照顧他們了。還好，他們也都有兒女來接，應該不會有問題的。分手時，他們再度向我致謝，我也深深為他們祝福。

從美國回來，我飛機上的鄰座是一位三十餘歲的東方男人，他的鄰座是一個美國少女。那女孩是個大蓋仙，一路上跟男的滔滔不絕地說話。我想：這次旅程大概會澈底孤獨了；然而，不久以後那男的也向我搭訕，原來他不但是中國人，還是粵人，是從香港移民到美國的。有了同鄉關係，我們便不時攀談起來。後來，有了機會，我也向美國女孩開口，於是，這二十多小時的飛行，便不愁寂寞。在旅途上認識的同伴，也許談不上友情；然而，這雪泥鴻爪般的遭遇，這萍水相逢的緣份，也是值得回憶的。

（青年戰士報「新文藝」）

紐約！紐約！

在還沒有去到紐約以前，我總是這樣想像著：當飛機飛臨這座世界第三大都市的上空時，我一定會從機窗後面俯瞰下面林立的摩天樓，向著高聳入雲的自由女神像、帝國大廈、世界貿易中心，豪情萬丈地模仿著凱撒當年的口吻，在內心裡悄悄喊出了：「我來！我看！我征服！」這句豪氣干雲的話。然而，當我真的飛臨紐約上空時，在飛機上根本沒看到紐約市的影子（因為甘迺迪機場距離市區很遠）；等到我實際去到紐約最繁華的第五大道上漫步時，也只感到「不過爾爾」而毫無興奮之情。想像是想像，事實歸事實，在以後一個月的逗留中，除了大都會博物館的藝術珍藏使得我眼花撩亂、流連忘返以外，自稱大蘋果的紐約市在我眼中只不過是一枚熟透到即將腐爛的果子而已。

在國內時，早已聽說當地治安不靖，果然，在我的居留期中，警車的聲音終日不斷，幾乎平均半個鐘頭就一次，聽得人心驚膽戰。而搶銀行、搶劫行人、入屋行劫這一類的新聞更是無日無之。普通的公寓樓下必定僱有警衛人員看守，由此也可以看得出當地社會秩序的紊亂。

多出一次門，多看一個地方，都會加強我對自己國家的信心，我真慶幸外國月亮並不特別圓。儘管我們沒有摩天樓，我們的物質享受也許比不上金元國；可是我們的治安比他們良好，我們沒有嬉皮，沒有那麼多的酒鬼和吸毒犯，也沒那麼多的心理變態者和精神病患者。高度科學文明的社會並不見得事事完美，他們也有很多頭痛的問題。

所以，我們不必羨慕別人，更不必自餒。我們只要腳踏實地，昂頭挺胸的勇往直前，自然會達到我們奮鬪的目標，也會贏得世人的尊敬。

市容一瞥

一般人口中的紐約市，指的都是曼哈坦島。曼哈坦是一個窄長的小島，位於赫德遜河的東側，哈林河和東河的西側，是紐約市精華的所在，也是市中心。其他的皇后區、布魯克林、布朗克斯等，只能算是郊區了。

曼哈坦又分為上城、中城和下城三區。上城即是曼哈坦的北部，以哥倫比亞大學為中心，是文化區。中城就是中央公園一帶，大都會傅物館、林肯中心等都在這附近，也屬於文化區。四十二街以南便是下城，是商業區，帝國大廈、梅西（Macy）百貨公司、華埠，華爾街、世界貿易中心等都在這一區內。

「曼哈坦的街道，排列整齊，井然有序。南北垂直的幹線，稱為大道；東西橫貫的則稱為街。大道自東向西排列，以數目稱的共有十一條（另得還有用別的名字的）。街道由南向北排列，用數目字作街名的共有兩百多條。加以到處是矗立的著名建築物可作為目標，紐約似乎是一座不容易迷路的都市；可是，它的面積太廣大了，對這座城市不熟悉的人還是會迷失方向，茫然不辨東西南北的。不要以為整個紐約市都像電影中那麼美好，事實上，紐約的摩天樓都只集中在曼哈坦島的城中與下城一帶，而且也只有少數高級地區較為整潔。絕大部分的街道兩旁矗立的不過是一二十層的舊式樓房，外牆都被污染的空氣熏得黑黑的，防火梯又都跨在房屋的正面，極不雅觀。這些建築物都沒有騎樓，遇到下雨天，沒有雨具的行人便只有淋雨的份兒。

行人道上大都極其髒亂，紙屑、紙杯、飲料的空罐狼藉滿地。其實，紐約街頭的廢物箱極多，差不多幾步就有一個。然而，紐約客們是最崇尚自由的，他們認為每個人都有隨便亂拋東西的自由，所以他們可以不必使用廢物筒。「自由，自由，世界上有多少罪惡假藉你之名而行！」羅蘭夫人這句名言，真可為今日美國人（尤其是紐約人）寫照。還好，紐約的路面舖得好，沒有甚麼灰塵和泥濘，髒儘管髒，出門一趟，也還不致弄得灰頭土臉，兩腳爛泥。

說到紐約人的「自由」，我又想到了另外一件事，紐約的每一個路口都設有紅綠燈以及「行」和「止步」的標誌。但是紐約客對這些交通指示往往視若無睹，只要沒有車子經過，他們就大模大樣闖紅燈，在「止步」標誌前昂首闊步，大概這也是他們的「自由」之一吧？而美國開車的人已養成了對行人禮讓的習慣，即使被不守交通秩序的行人擋了路，開車的人也總是停下車來，揮揮手讓行人先走。

地下車

地下鐵道是現代大都市的大動脈，也是一般大都市居民的主要交通工具。這種交通工具，日本人稱為地下鐵；英國人稱為Underground；美國人則稱為Subway。東京的地下鐵我是坐過的，它給我的印象是清潔而便捷。雖然在報上看到過它在上下班的擁塞時間裡必須有人站在月臺上把人推進水洩不通的車廂裡的可怕鏡頭，不過我都沒有躬逢其盛。

第一次坐上紐約的地下車，我真是被它醜陋的外形嚇壞了。地下鐵道的車站本來就是既悶熱而又空氣污濁，軌道上也佈滿了紙屑和廢物；而車廂的破舊污穢，更是驚人，車廂內外甚至車頂，全都被人用油漆亂塗一通，而且徹底得往往連站名都遮蓋住。

據一些老紐約客告訴我：在地下車上亂塗油漆是一種不良少年的集體勾當，而且也是一種有計劃的破壞行動。因為紐約的地下車那麼多，怎會沒有一輛倖免？大量的油漆難道不要花錢？有誰會發神經病自掏腰包買油漆去在地下車的車廂上作「畫」？的確，那些地下車上的油漆污染都是同一手法的，有點像抽象畫，若非經過訓練，恐怕還塗不出來哩！

我問紐約客，地下車日夜在飛馳著，那些搗蛋份子怎樣去塗污呢？紐約客回答：他們可以在深夜到停車場去幹呀！警察為甚麼不干涉？怎會讓他們有機會把全市的地下車都弄得一塌糊塗的？我繼續問下去，紐約客遂無言以對。我想：這大概又是紐約人的自由之一吧？也許紐約的法律並不禁止人在地下車的車廂上作「畫」。

儘管如此，地下車還是絕大多數紐約人用以代步的交通工具。整個紐約市的地下鐵路密如蜘蛛網，四通八達，無遠弗屆。只要花五角買一枚Token（金屬牌）進站，就可以隨便轉車。而且，由於地下鐵道不會阻塞，沒有紅綠燈，地下車的速度也遠較地面上的任何車輛為快，因此一般人也都樂於搭乘。

紐約的地下鐵道既密如蛛網，而每一個地下鐵道的車站也都繁複曲折，有如迷宮，即使是老紐約也常會坐錯。要學會坐紐約的地下車，除了熟讀地圖（地下鐵路公司有時會贈送），記得哪一班車到哪裡以外，進入地下道，跟著指示前進，也就不會失誤。有時，開口問人也是一個辦法。儘管紐約也是一個人情淡薄的大都市；不過，為人指點道路，紐約人還是樂於為之的。

地下車快而且多，有幾條線還是廿四小時服務，因此深受一般市民歡迎。地面上的巴士雖然也不少，但是，那幾乎已成了年長者以及不須趕時間的家庭主婦的專用車了。至於一律漆成黃色的計程車，在比例上，數目遠比不上我們臺北的。起價是七毛五分，再加上小費，那就是說一上車就要一塊錢美金，這使人覺得臺灣的物價實在太便宜。

衣食及其他

紐約是個人種展覽會，漫步街頭，除了大多數的白人和黑人外；黑髮黃膚的東方人；身穿紗麗的印度女人；黑帽黑衣，蓄著鬍子的猶太人，說話時比手劃腳的南美人，到處可見。正由於人種複雜，服飾各異，所以紐約的人穿著也最隨便。除了在正式場合，很少人西裝革履，濃粧艷抹。不論男女老幼，一件運動衫，一條牛仔褲，是最普遍的服裝。天氣較熱時，有些年輕男人還赤裸著上身，下穿一條扯去半截褲管的破牛仔褲招搖過市。

穿得隨便，吃得也隨便，是紐約人的一個特色。早上。大多數人只喝一杯黑咖啡就匆匆出門上班去。中午，在辦公所附近，買一份三明治或漢堡或熱狗或披薩，再一杯冷飲，就解決了午餐問題。晚上回到家裡，這才有機會享受一頓熱食。

美國人吃得這樣簡單，不由得因為想到我們在飲食方面的浪費而感到慚愧。紐約市上賣三明治的店鋪到處都是，都是現做的，名堂繁多，任由客人選擇。三明治的餡，除了肉類外，還配有生的蔬菜和作料，份量也足，在營養上是足夠的。每到中午，紐約的公園、廣場以及所有的公共場所，都坐滿了一手拿著三明治，一手拿著飲料的人。這樣的午餐，省時間又省事，經濟而又合乎營養；雖然口味並不怎樣，也實在值得提倡。

也許是受了美國人的影響，紐約的華埠也有速食出售。出售這種簡單餐點的，也許是開一部車子的流動餐廳，也許是站在路旁的攤販。他們出售炒飯、炒麵、春捲、腸粉，甚至粥類，用紙盒或紙杯盛放，買了就可以邊走邊吃。因為這些中國食品是熱的，又比美國的三明治之類的可口，所以甚受歡迎，老美尤其趨之若鶩。

說到美國人飲食之簡單，就不能不提及他們一個新創的字Brunch。這個新字的意思是早午兩餐合併起來吃，也就是把Breakfast和Lunch兩個字合起來。有些餐館以Special Sunday Brunch（星期日特別午餐）來作號召，供應那些在星期日遲起的懶人。兩餐減作一餐吃，也不知是為了節食還是省錢？

說到節食，我又想到紐約的胖子之多這一回事。臺灣地區近年來由於生活水準提高，很多人都在對自己的超重而大起恐慌，減肥藥物也已在這裡大行其道。可是，我們這邊的胖子跟美國胖子一比，簡直就是小巫見大巫。紐約街頭，舉目盡是超級大胖子。有很多不過十來歲的少年男女，便已腰身粗如水缸，行動遲緩，驟看宛如中年人。美國人之所以容易發胖，不知道是由於營養太好還是冰淇淋、巧克力吃得太多，這就有待專家證明了。

雖然美國是個富強的大國，但是他們的失業問題也很嚴重。在街頭，常會有無業的黑人走過來向你要一個夸脫（二毛五分）；也有些落魄的藝人在街頭賣唱求乞。在一處地下道的入口，一個黑人流浪漢，身上揹著全副家當，經常在那裡伸手向人討錢。年紀輕輕而又身強力壯的不去工作，卻甘心作乞丐，想起來都替他難過。

美國是私人擁有汽車最多的國家，平均兩個多人便擁有一部。自從今年石油再度漲價，能源又告短絀之後，據說許多美國人都取消了週末駕車出遊的計劃；有許多小城鎮的人更紛紛改以腳踏車代步。

不過，像紐約這種大都市，是沒有辦法以腳踏車代替汽車的；因此紐約市上依然是車如流水，而且想在路旁找個停車的地方都大成問題。

紐約的大街小巷，到處都豎立著「不准停車」的告示。好不容易找到一處沒有牌示的，卻又往往被別的車子捷足先登。因此，駕車遨遊雖能享馳騁之樂，可是找地方停車卻是一件苦事。正式的停車場不是沒有，收費卻是奇昂，半小時的費用是一元七毛五分到三元不等，這就難怪大家都紛紛在路旁停車了。

有一天，兒子租一部汽車載我從紐約開到賓州的長木公園去玩。開到新澤西時想要加油，他車子的號碼是單號的，要明天才可以加。兒子一聽急壞了，幸而不遠處又有一座加油站肯通融賣油給他，才得以免於敗興而返。

新澤西的汽油價為每加侖九毛到九毛六分，紐約市則為每加侖一元四分到一元一角，因此，聽說有很多人特地開到新澤西來加油，可是，開一趟車所需的油又難道不要花錢買的？

有人說，在國外要是不會開車，就等於沒有腿，然而，有了汽車又有這許多煩惱。紐約的地下車雖然悶熱而擁擠，倒是解決了不少無車的階級行的問題。

百貨公司‧超級市場

即使沒有出過國門一步的人，一定也聽過美國梅西（Macy）百貨公司的大名。在想像中，我們臺北幾家新開的百貨公司都裝潢得那麼豪華，美國的百貨公司就必定富麗堂皇得有如皇宮吧？

然而，當我第一眼看到紐約市梅西百貨公司的外表時，卻是大為失望。座落在第七大道、百老滙大道和三十四街之間的梅西，原來只是一幢灰撲撲的舊式六七層大廈。除了一個大大的店名以外，甚麼裝飾也沒有。不過，外牆上卻漆著兩句極為自負的廣告：「梅西是世界上最大的百貨公司」，「沒有到過梅西，不算到過紐約」。

裡面，也是簡樸的出我意料。沒有閃耀的燈飾，沒有噴泉，沒有彩繪，沒有音樂，只有一些高與人齊、戴著假花的古典式巨型花盆點綴在櫃臺的後面。

當然，它的面積可真大，從第七大道的大門進去，再從另一端的門出去便是百老滙大道，又共有六、七層之多。服裝部門每一種成衣都把所有的尺碼掛出來，看起來有點像成衣市場，絲毫沒有時裝公司的花團錦簇的感受。那些普普通通的成衣，無論在式樣、原料上都比不上我們臺灣的出品，而且顏色非紅即綠，以我看來，土氣十足。而一些看得上眼的高級服裝，又都十分昂貴，折合臺幣，幾乎等於一份普通職員的月薪。其他貨品，也全都貴得驚人。於是，我決定一毛不拔，純粹來一次Window Shopping，看而不買，免得浪費外匯。

紐約不是一個商業城，東西價貴而不好，那像臺北樣樣價廉物美，到處都可以享受到購買之樂？超級市場倒是五步一樓、十步一閣。可是貨色也不像此間超級市場這麼齊全，一些在臺北買得到的舶來食品，在紐約反而買不到，也可以說是一個笑話。

臺灣的大小商店，如今早已通行用塑膠手提袋給顧客盛物；在紐約，卻仍然一律使用牛皮紙袋？牛皮袋固然堅固，可是卻經不起潮濕，而且不能用手提，頗不方便。光是這一點，我就覺得紐約不如臺北。

買東西必須附加稅金百分之十，也是使我認為在紐約購物是一件不愉快的事的原因之一。試想：買一百元東西就要送給美國政府十元，這是多令人不甘心的一件事！

華埠一瞥

紐約市的華埠在曼哈坦的南端，一走進去，就幾乎以為到了香港的灣仔、西環，或者是九龍的油麻地。狹窄的街道，密密排列的商店，中英文並列的招牌，摩肩接踵的行人，滿耳的廣東鄉音。這種情景，很難想像出這裡是異國的土地。

到了華埠，鄉愁就會減輕很多，因為，這裡都是自己的同胞，可以說自己的言語，也可以吃到中國人的食品。過去，華埠只有廣州話、臺山話和英語可以行得通，如今，大部分開店的僑胞都會說國語了，這真是一個令人欣慰的現象。

在華埠，外國人眼中最奇特的中國食品像皮蛋，豆腐、豆腐乳、豆豉、豆芽菜、西洋菜等等通通可以買得到。賣粵菜的飯館、賣點心的茶樓、賣粥、粉、飯、麵的小吃店固然滿街都是，賣燒餅油條和豆漿的和川菜也有，而且生意都十分興旺。一些名氣較大的，每到午、晚餐時分，門口便排起隊來，想佔到一張桌子，還不容易哩！

紐約街道髒，華埠也不例外。老實說，在我們中國人眼中，華埠並沒有怎麼可看的；但是它卻是外國人到紐約觀光的目標之一。美味的中國菜和精美的手工藝品是主要的吸引力，設計成小型中國宮殿式的電話亭也是使得西方觀光客嘖嘖稱讚的東西。可是，髒亂狹窄的街頭與低矮的舊式店鋪，我又耽心會使得外國人對現代中國人的生活水準有所誤解。雖然今日在美國的中國人早已脫離了開洗衣店和餐館的時代，而且在各行各業上都有很傑出的人才；不過，紐約華埠的環境卻顯然是很落伍的。但願下次再去，能夠看到一個面目嶄新的現代華埠。

在臺的時候，常聽說紐約華埠有許多車衣廠，每一間車衣廠都僱有大批女工。到了紐約，我就想去看看。每次到華埠，我都注意去找，果然讓我看到好些車衣廠的招牌。這些招牌，都掛在那些污黑破舊的古老樓房的樓梯口。樓梯上黑洞洞的，佈滿灰塵，似乎從來不曾打掃過，由此不難想像出樓上的工作環境是甚麼樣子。聽僑胞們說，車衣女工待遇極低，而工作時間很長，工場裡空氣又很污濁，常會有人昏倒在裡面。想到居然有同胞在國外受這種洋罪，心中不覺惻然。

觀光事業

作為世界第二大都市，紐約自然是觀光客所嚮往的目標之一。事實上，紐約具有觀光價值的所在可真不少：著名的建築物如自由神像、帝國大廈、世界貿易中心、聯合國、洛克斐勒中心；佔地八百四十英畝的中央公園；號稱全美最大的布朗克斯動物園；代表了紐約文化的林肯中心；各種博物館、大大小小的教堂、無線電城、卡內基音樂廳、著名的大學等等，足夠令觀光客流連忘返的。

紐約的觀光事業也辦得很好。他們印有各式各樣的觀光手冊和地圖，或出售或贈送，供給觀光客參考，不但內容詳盡、印刷精美，而且對遊客有很大幫助。

我很欣賞紐約一種名叫Culture Loop（文化環遊）的觀光項目。這種觀光巴士只在週末和假日行駛，共有兩種路線，一種是環繞曼哈坦的一週；一種是從曼哈坦的下城繞到布魯克林再回來。要是這兩線巴士都坐一遍，那麼，對紐約的著名建築物和地理環境也就看得差不多了。而票價才不過一元二角五分，只比兩張普通巴士票貴了二角五分，實在非常划算。何況，坐在舒適的車子內游目騁懷，本身就是一種樂趣。此外，還有各引各樣的紐約觀光團，坐直升機觀光紐約，乘船環繞曼哈坦一週等，腦筋動得真不錯。

美國是一個非常現實的社會，所以每一處觀光地區的都要收門票。到自由神的塔頂、帝國大廈的頂層遠眺，固然要收門票，甚至到教堂的鐘樓去參觀，也要收費，這是我們講究清高的中國人所無法了解的。紐約有許多古老的天主教堂，我曾經到過以高度取勝的河邊大教堂和以面積取勝的聖若望大教堂，兩者都有著雕花的石牆和石柱、高大的拱門以及彩色拼圖的玻璃窗，莊嚴肅穆，置身其中，令人興起自慚形穢之感。但是，這些已作為觀光勝地的教堂，都有風景明信片和各種紀念品出售，商業氣息似乎又把宗教氣氛沖淡了。

紐約自詡為「大蘋果」，到處都有印著「我愛紐約」字樣的紀念章和運動衫出售，市政當局也不斷呼籲市民要共同愛護這個大蘋果。然而，紐約市民是如此無情與冷淡，任由這個「大蘋果」變得髒兮兮的，使得無數遠道前來的觀光客帶失望的心情與惡劣的印象離去。

文化面

儘管街道髒亂、治安不良；不過，紐約仍有可取之處，就是文化水準極高。光是紐約市內，就有三十七所大專院校，而野鷄學校之流還沒有算在內。音樂廳和劇院十七間；博物館和畫廊上百，公立圖書館無數。著名的卡內基音樂和林肯中心，經常有世界一流的音樂家、樂團、舞團演出，票價雖然高，要不是在一個月以前預定好座位，到時還是會向隅。

紐約的書店也極多，舊書店也不少。有一家名叫Barns & Noble的，在馬路兩邊各有一間店面，樓雖不高，佔地卻極廣，走進去以後，被一行行一排排的、與天花板齊高的書架一擋，就像進入了八陣圖。裡面藏書之多，上至天文，下至地理，無所不包，是名符其實的書城。愛書的朋友走進去，從地下室走到樓上（共有幾層，不大清楚），在浩瀚的書海中轉來轉去，一定會樂得一整天都不想走出來。

我在紐約停留的期間，由於不是歌劇季節，失去了欣賞的機會；而正在上演的俄國芭蕾舞Bolshoi的《天鵝湖》，又買不到票，沒有眼福，等於入寶山空手而回，徒呼負負。

幸而，大都會義術博物館我沒有錯過，在裡面盤桓了一日，心靈上收穫之滿足，使我異常欣慰。在臺灣，每次到外雙溪的故宮博物院去參觀，都有一種神遊古老中國之感；此次參觀紐約大都會藝術博物館，由於它收藏的豐富，更像是在古代的歐洲、埃及、近東，甚至遠東的文物中遨遊了一次。

大都會藝術博物館是全美最大的博物館，一共收藏了三十六萬五千件藝術品，其中竟包括了一座埃及的古墓以及一座希臘的花崗石拱門；但是也有像指甲大小的古代珍玩。最吸引我的，除了大批的印象派的名畫外，就是一些歐洲十九世紀的室內佈置。金壁輝煌、雕花鏤錦的洛可可式家具，其華美絢麗，令人目眩。那個時代的歐洲上流社會，尤其是法國的貴族，生活糜爛，窮奢極侈，以至引起了後來平民的大革命。一想到這點，我就覺得那些漆著金粉、鑲著錦飾的華貴沙發只是罪惡的象徵，一點也不美了。

偌大的一座博物館，一天是看不完的，走馬看花之餘，除了循例買一些彩色明信片留作紀念外，就只有希望下次有機會再來。

此外，我還到過現代藝術博物館去參觀，這裡展出的是自十九世紀末以來的藝術品，包括了繪畫、雕塑和攝影。看過了大都會藝術博物館，就覺得這裡無論在質與量上都不能相比。固然，這裡有著莫內晚年的名作「睡蓮」，以及畢加索、米羅等人的巨幅代表作，可是也有一些莫名其妙的現代畫。像一幅長方形的巨「畫」，完全是一片紅色，中間只有兩三道不太明顯的黃色垂直細線。又有一幅完全是一片黑色、上面甚麼也沒有的正方形巨「畫」，它的標題是「抽象畫」，這也未免抽象得太離譜了吧？

兩場露天音樂會

我在紐約錯過了觀賞歌劇和芭蕾舞，卻有幸聽了兩場露天音樂會，總算沒有白去一趟。

這種露天音樂會是紐約市文化部、紐約愛樂交響樂團、市議會等主辦，而由一家名叫Exxon的石油公司贊助的。音樂會在中央公園南端的一個大草坪上舉行，夏天裡每週一次。草坪約有我們總統府前的廣場那麼大，晚上八時半開始，七時不到就坐滿了人。絕大多數都是闔府出動，帶著毯子和野餐，早早就去佔據好位置。有些人還豎起旗幟，升起汽球以作標記，讓他們的家人好在人叢中找得到自己的目標。這時，只見遍野都是密密麻麻的人，盛況空前。起初我以為大約有五萬人，第二天報紙卻報導說有二十萬人以上。難道真的有那麼多的紐約人喜愛音樂？我相信不是的。這些人之中，喜歡湊熱鬧，或者喜歡這種情調與氣氛的一定也不少，因為這是名符其實的眾樂會。

的確，在繁星滿天的夜空下，或躺或坐在草坪上，背後遠處幢幢燈火輝煌的高樓，在黑夜宛如中古的城堡，一切都顯得有點不真實。加以涼風吹送，仙樂飄揚，置身其中，就像做了一場夏夜的美夢，此情此景，怎不令人如醉如痴？難怪一雙雙一對對的青年男女，就當眾表演起親熱鏡頭來了，不過，這時大家都在全神貫注在音樂上，而且又在黑暗中，也就沒有人去注意他們。

我所聽到兩場露天音樂會，一次是Kostelanetz指揮的《天方夜談組曲》和《火鳥組曲》。這位指揮我未聽過他的大名，不過，在這種充滿浪漫情調的夏夜中，聆聽《天方夜談組曲》是很適宜的，小提琴奏出的美妙旋律，的確能夠柔柔地綰住了聽者的心境。《火鳥》奏完以後，又演奏了幾首美國的愛國樂曲，像《雷神》、《永遠的星條旗》等等，一面還大放煙火。在場的美國人都瘋狂地歡呼起來，而我們幾個老中便忍不住趕緊溜走，因為這種音樂跟剛才的氣氛太不調和了。

第二次去聽，是梅塔指揮的貝多芬第九（合唱）交響樂。印度籍的梅塔今年四十三歲，是當今世界樂壇上最年輕的第一流指揮家，已贏得了「大師」的封號。那夜，梅塔風度翩翩地出場，他和全體樂師及合唱團都穿白上衣、黑長褲（裙），唯有主唱女高音和次女高音的兩位黑人聲樂家則一個穿紅一個穿黑的坐在首席小提琴手旁邊，遠看非常醒目。

當然，貝多芬的第九交響樂是大家所熟悉的，而合唱的部分尤其受歡迎。不過，據行家說，梅塔指揮浪漫派的樂曲是游刃有餘的；只是指揮貝多芬的音樂卻還不到爐火純青的地步，可能是年齡還不到吧？至於合唱的部分，內行人又說第一流的合唱團都在歐洲，美國的水準還差了一點點。無論如何，對音樂只懂得憑直覺欣賞的我而言，這兩場露天音樂會已給予我心靈上無上的享受。

環境衛生

上面談到露天音樂會，使我想起了一件事，紐約好像沒有蚊子，我在那裡住了一個月，只發現過一隻蚊子。假使紐約的蚊子也像別的地方那樣多，那麼，在夏夜的公園中坐在草地上聽兩個鐘頭的音樂，恐怕是一件苦事而不是樂事了。

雖然蚊子似乎絕跡，紐約的蒼蠅可不少。住在樓房層數較低的人家，只要一打開窗戶，就會有蒼蠅飛進來，非常討厭。有一次出去郊遊野餐，竟引來了大群蒼蠅，嚇得我們只好躲到車子裡去吃。

紐約的蟑螂之多也是聞名的。那裡的蟑螂好像長不大，最大的不過像花生米，小的更像米粒或芝麻。正因為牠們體積太小了，所以無孔不入，甚至冰箱的門也擋不住牠們。每到夜裡，廚房的爐上、調理臺上、水槽上，浴室的臉盆和浴缸，都爬滿了這種褐色的小東西，真是又可憎又可怕。

又因為牠們小，捕殺也不容易。有些家庭勞師動眾地把家具全都搬開，請人去噴藥，蟑螂在短期內是全部撲滅了，可是不久又死灰復燃，因為牠們可以從鄰家或街道上再入侵。

除了蒼蠅和蟑螂，紐約的老鼠也不少。由於紐約是一座有著兩百年以上歷史的舊城市，房屋多已老舊，更使得鼠輩容易孳生。

蚊子、蒼蠅、蟑螂、老鼠，是家庭中的四大害，居然放之四海而皆準，即使世界第一文明大國，也只不過對付了蚊子一種，令人可嘆。

說到四大害，又想到垃圾問題。上面多次提到了紐約是個變亂的都市，除了滿街上都是紙層和廢物外，電燈柱旁、牆腳下，到處都可看到堆放著一袋袋的垃圾、一個個的空紙箱和空木箱，更增加了市容的不雅。

紐約的垃圾車，也是清晨出動收取垃圾。每天早上六七點的時候，人們好夢正酣時，往往會被一聲震耳欲聾的巨響驚醒，那便是垃圾車收取了一袋袋垃圾之後，再用裝置在車上的機器把垃圾壓縮，以便容納更多垃圾的聲音。這種噪音，引起了許多市民的反感；但是，為了維護環境清潔，也就只好忍受。

紐約！紐約！這個表面上紅豔欲滴而內部已經腐爛的「大蘋果」；這座自由女神在港口高擎火炬迎迓遊客的名城；不論我個人或一般人對它的觀感如何，它依然是世人所嚮往，僅次於東京與倫敦的第三大都市。將近八百萬的人。在它那些聳立如森林的高樓陰影下討生活，為每日的牛油麵包或個人的名利而努力奔走，一如我們的老祖宗——原始人當年在荒野中與洪水及猛獸的搏鬭。現代人與原始人，在時間上雖然已經距離了億萬年；然而，無論是在紐約或者洪荒時代的山林裡，他們都得為生存而付出相當的代價，這真是亙古以來，身為萬物之靈的人類最無可奈何的事。

（新生副刊）

大都會掠影

去年夏天，我到紐約去探視我的三個兒子，住了一個月。我的兒子們都是書呆子，他們沒有帶我到摩天大樓的頂樓去開洋葷，也沒有帶我進入豪華的夜總會去觀光。他們只帶我去聽露天音樂會；參觀圖書館、畫廊、博物館；甚至去看了好幾家規模極為龐大的舊書店。他們強調說紐約這座世界名城雖然又髒又亂，並不可愛；但是，紐約市的文化水準還是世界一流的，所以他們只帶我去看林肯中心、大都會博物館……，而不帶我去看帝國大廈；自由女神像只是遠眺；更不會帶我去看以美麗的兔女郎著名的花花公子俱樂部。儘管兒子們這樣細心安排，我對紐約仍然沒有好印象。回來以後，寫了一篇名為〈紐約！紐約！〉的印象記，完稿以後，文中對紐約評語之差，使我自己都覺得吃驚。在那篇一萬字的文章裡，我已把個人對紐約整體的觀感坦率地寫出，現在，「民副」的主編先生向我索稿，我因為正在想兒子，也就順便想到兒子的客居地紐約。因此，我再寫一次紐約，寫的是〈紐約！紐約！〉一文裡沒有提到的；不過，事隔半年，記憶中的紐約已有點模糊，只能當作浮光掠影了。

第五大道

在國內，看過不止一家以上的皮鞋店以「第五街」為名，在印象中，就以為紐約的第五街是專賣皮鞋的。到了紐約，一打聽並無其事，第五街只是一條名不見經傳的狹小街道，倒是幾乎縱貫大半個曼哈坦島的第五大道，可說得上是紐約精華所在。

第五大道北起自哈林河畔，沿著中央公園南下，然後到華盛頓廣場為止。沿著中央公園那一段，是高級的住宅區，那些豪華的高級公寓，大門口撐開著遮陽帆布篷，銅質的門飾門把擦得金光閃閃，穿著制服的司閽筆直地站在那裡替你開門，一看就是氣派不凡。報載尼克森在紐約買房子遭人拒絕，買的就是這些公寓。過街老鼠，人人喊打，老尼之有今日的下場，可說自作自受。這裡，對面就是面積廣大、佔了五個路口的中央公園，一望盡是青葱的樹木，環境鬧中取靜，是紐約的富翁的理想中居家的地點。

再下去就是大都會博物館以及另外一家小型博物館，可算一個文化地區。離開中央公園南端以迄麥迪遜廣場，著名的建築物林立：聖派屈瑞克大教堂、洛克斐勒中心、紐約公共圖書館、帝國大廈、梅西百貨公司等等都矗立在大道兩旁，是紐約最繁華、壯觀、熱鬧的商業地區之一。漫步其間，在高樓的陰影下，在裝潢華麗的櫥窗外，可以暫時忘記了紐約其他地區的髒亂以及治安的不良。

華盛頓廣場與格林威治村

第五大道南端的盡頭就是華盛頓廣場，一座形似巴黎凱旋門而小得多的拱門，是為了紀念喬治・華盛頓而建的。門後，幾片草坪，一些古木，一些長椅，就是廣場全貌。長椅上或躺或坐著一些閒人和流浪漢；草坪上佈滿了紙杯、紙屑、瓶瓶罐罐，這裡的髒亂，與拱門外面第五大道的繁華，成了一個強烈的對比。

廣場的一邊是紐約大學，一邊是格林威治村，再下去是蘇合區。格林威治村從前是嬉皮的大本營，現在，嬉皮雖已式微，而這裡仍然是一些未成名的藝術家的聚居之地。村中街道狹窄，但行人道上擺著一副副咖啡座，卻頗有點浪漫情調。據說一到黃昏這裡就坐滿了人，亂髮披肩、奇裝異服的嬉皮士；雌雄莫辨、陰陽怪氣的人妖和同性戀者，隨時可見。可惜我沒有機會在晚上前來參觀，失去了眼福。

蘇合一帶是小型畫廊的集中地，大概也是那些嬉皮藝術家展出作品的地方。那些畫廊極小，有的只像一間商店，我逐間瀏覽了一遍，似乎沒有發現甚麼好畫。

華爾街

在曼哈坦的最南端，有一條狹窄有如我們的巷弄，東西橫向的街道，那就是世界著名的華爾街。走進這條掌握著全世界金融的街道，就可以看到街上來往的很多都是西裝筆挺的紳士，與其他地區服裝隨便的美國人大不相同。原來，這些都是銀行家或者在銀行工作的職員，為了自己的職業，只好在盛夏裡全副武裝。

這條華爾街，除了多數是銀行以外，股票交易所也在這裡。紐約的股票交易所也是觀光客的目標之一，在二樓有特設的地方供人參觀。我站在那有如醫院手術室參觀臺的大玻璃後向下望，只見偌大的廳堂中，人頭攢動，人聲鼎沸，而壁上的電動數目則不停地變動，簡直像是一個瘋狂的世界。站了不到五分鐘，我就嚇得趕緊離開。

平常大家所說的紐約，指的大都是曼哈坦島。據我臆測，美國人立國之初，在建立紐約市時，是先從曼哈坦島的南端開始，漸漸向北擴展，最後才擴展到曼哈坦以外的地區，所以南端的道路都比較狹窄，房屋也比較老舊。短短的一條華爾街，說不定就是當年的大馬路；如今，已沒啥看頭了。

百老匯、時代廣場

很小的時候，便已聽過「百老匯」這個名詞，在心目中，總以為是一處娛樂中心；直到去到紐約以前還是如此，以為它必定是演出舞臺劇、大腿舞之類的戲院的集中之地。等到自己身臨其境，才知道自己的想法大錯特錯。

原來，「百老匯」是一條大道的路名；不過，它並不怎麼寬闊，卻是很長，從北到南，斜斜地貫穿整個曼哈坦島，也是地下鐵道的主線。

百老匯路上的確有一個娛樂中心，那就是位於四十二街口的時代廣場。時代廣場由於時報大廈而得名；但是那一帶全是電影院和戲院，熱鬧則熱鬧矣，格調並不高，跟我們的西門鬧區差不多。坐在廣場上的全是不良少年或流氓之類，教人不敢在那裡停留。

著名的卡內基音樂廳和無線電城也在附近。卡內基音樂廳是一幢很古老的建築物，無線電城則是高聳入雲的摩天樓，由於時間關係，我都沒有機會進去參觀偌大的一個紐約市，它的資料可寫的恐怕十本書也寫不完，我在那裡居留了不過一個月，所看到的也不過是九牛一毛，又寫得出甚麼來呢？更何況，這個大都會並沒有給我留下好印象；這裡所說的，再加上〈紐約！紐約！〉一文所寫的，都只是膚淺的、浮面的看法罷了。

（民眾日報副刊）

賓州的長木公園

在還沒有到長木花園（Long Garden）以前，總以為它大概跟臺北市的榮星花園差不多，既然名為花園，裡面總是以花為主吧？然而，當我到了花園門口，看到所標示的平面圖時，才知道自己少見多怪。這是一座佔地一千英畝的大公園！

長木公園位於美國賓夕法尼亞州的費城附近，是美國最著名的園藝展覽場所。那天早上，兒子從紐約開車帶我們一家前去遊玩，車程四小時。到達長木花園時已經是下午一點。我們帶了乾糧和水果，準備在園中野餐，誰知卻被守門人擋駕，說禁止攜帶任何食物入內（園外另有野餐區，但是起初我們不知道），不得已只好把食物放在車內，購票入內，枵腹遊園。

購票後，每人發給一份說明書，上有平面圖，供遊客按圖索驥。圖中指示可玩的地方共有三十處之多。然而，我們一則未進午餐，而又只剩下五個鐘頭的時間（六時關門）；既不願走馬看花，只好挑重點觀賞。

園中到處古木參天（天概就是「長木」二名之所由來），草坪上和小徑上清潔溜溜，連一個煙蒂、一片紙屑都找不到，這就是禁止遊人在園內進食的好處。

我們先到義大利噴泉花園參觀。這是一座文藝復興時代式的古典庭園，四周以修剪過的菩提樹圍繞著，園中有噴泉、草坪、花壇和石刻，寧靜而幽美，令人發思古的幽情。

然後，我們來到一處野花草原上。草原上有小溪流過，草原上長滿了各式各樣的野花，充滿了天然野趣。有一種巨型的木芙蓉，花果跟湯碗一樣大，雪白、粉紅、淺紫都有，直把我們看得一楞一楞的。

長木花園裡又分無數花園，除了上述的義大利噴泉花園外還有牡丹園、玫瑰園、紫藤園、修剪植物花園、石園以及噴泉花園等等。有些因為不是花季，有些限於時間，只好割愛；不過我們卻參觀了噴泉花園。

剛才看到義大利噴泉花園時，已被它的人工美所懾。想不到，這座噴泉花園的美卻更遠勝過它。在修剪得極為整齊的綠色灌木與草坪間，三排噴泉，以各種不同的姿態噴射出道道的清泉，至為壯觀。園中還到處點綴著白石的雕刻，與噴泉相映成趣。由於這個花園面積廣大，噴泉又高，一走進去就給予人以清涼的感覺。

噴泉花園的對面就是暖房，佔地三英畝半。一走進去，就恍如置身種滿奇花異草的仙境裡。只見地上種的、盆裡栽的、懸掛在空中的、攀援在廊柱上的，盡是長得鮮妍茂密、嫣紅姹紫的花兒，到處花團錦簇，美不勝收。我發現在暖房內，連一盆普通的紫藤花，也開得特別大、特別美。這些花都分門別類栽種，而由於種類極多，看來目不暇給，我們花了一個多鐘頭才參觀完。

這個暖房，應該算是長木花園的精華所在，遊人特別多，它的美真不是言語所能形容，所以大家紛紛擺姿勢、搶鏡頭留念。

在暖房前面有好幾個小池塘，種著世界上各種的蓮花。大的是我國的荷花，也有小得像酒杯大小的睡蓮。

除了花園，園中還有湖泊、瀑布、鐘樓、露天劇場、菜圃、果園等等。鐘樓在一定的時間裡會奏出音樂；露天劇場在夏夜裡，或定期舉行音樂或演出舞臺劇。這真是一個多姿多采而又有益身心的消閒好去處！

（大同半月刊）

遊踪小記

去費城的路上

在那被摩天樓遮蔽了半個天空、馬路上又髒又亂、行人摩肩接踵、地下火車一天廿四小時在腳底下轟隆轟隆而過的紐約市內待了半個月，這才有機會離開到別州去透一口氣。當車子跨過曼哈頓區上城西邊的華盛頓大橋駛到紐澤西去時，我的眼界霎時便覺大開。哦！原來美國其他的城市跟紐約並不相同，這裡才是電影中所看見的美麗的小城鎮；美國太大了，我不能只看了紐約便以偏概全。

在去費城（啊！先父當年曾在這裡求學的城市）的路上，一路上的景色美不勝收。並不怎麼寬闊的公路兩旁，高大的行道樹枝椏交疊成夾道的濃蔭。我只認識其中的楓樹（可惜現在未到深秋）；其他，我猜想大概不外是胡桃樹、樺樹、栗樹、櫸樹之類我們在書本上讀到的北美洲的樹木吧！

路旁，是一幢又一幢的兩層小木屋。屋主人似乎彼此都有默契，儘管這些房子形式一樣，可是他們絕不漆成同樣的顏色。而且，也沒有人採用原始色，更沒有人漆成大紅大綠，每一間木屋的彩色都很柔和悅目，掩映在綠蔭中，美得就像童話中的境界。偶然，看到一個主婦在門前修剪花木；幾個孩子在院子裡盪鞦韆，就更加覺得這裡簡直寧靜和平得像仙境。

雖則費城是美國歷史上的名城；然而，我在參觀了它新舊建築物並陳的市區，著名的古蹟獨立宮和自由鐘；又走馬看花般在先父的母校——賓州大學校園裡巡禮一番之後，使得我永誌心頭，念念難忘的，還是那條綠樹如蓋，景色如畫的公路。

多倫多的花壇

假使要問我今年夏末秋初的美加之行所見所聞印象最深的是甚麼，我將會毫不猶豫地回答：多倫多的花壇！多倫多是個美麗而清潔的大城市，而最令我夢寐難忘的，就是在城外城外到處都可以看得到，彷彿永遠不分凋謝、萬紫千紅的花壇。

也不知道是多倫多的居民愛花還是愛好藝術，在每一鐘建築物的門前，無論有沒有花園，起碼都會有一個或大或小的花壇。所有公共建築物、學校、教堂、住宅的門前一定會有草坪，草坪上必定有樹，而一座花壇更是草坪上最重要的裝飾。而且，似乎一家的花種得比一家美。

這些花壇有圓形的、方形的、長方形的、星形的。他們很少在一座花壇內只種一種花，總是匠心獨運地，讓兩三種顏色不同的花卉間隔著生長，製造出圖案的效果。有些是紅、白相間；有些是黃、紫交雜；也有五色雜陳的。那些花兒開得那麼茂密，色澤那麼鮮艷，在碧綠草坪的陪襯下，真是看得我如醉如癡。

我覺得：他們種花似乎是可以隨心所欲，要花兒有多燦爛就有多燦爛，比用針來綉，用筆來畫好像還要容易，但是卻不帶絲毫匠氣。這，到底是由於氣候關係還是他們對園藝具有特別天賦呢？

離開加拿大這座名城已經有兩三個月了；然而，那些草坪上一座座嫣紅姹紫、繁花似錦的花壇，還時常出現在我的夢魂中。

（中華副刊）

美加邊境之旅

去年夏天，到紐約去探望孩子的時候，曾經單獨參加了一次華埠的旅行社所主辦的美加邊境之旅，遊玩了美國的千島、瓦特肯斯峽谷以及加拿大的多倫多與尼加拉瀑布四個地方，增加了不少見聞。以往在臺灣時，每次參加旅行團，必定邀約友人結伴同去；這次身在異國，反而勇敢地單人匹馬遠征，在個人而言，可算是一次奇蹟。事實上，單獨旅行，也有單獨旅行的樂趣，更何況，參加旅行團根本不算單獨，而且又有許多機會結交朋友。

千島之晨

第一夜，我們晚上十時從華埠出發，遊覽車在黑暗的公路上向北疾馳，開車的是一個貌似歌劇《奧泰羅》中的國王的黑人青年，相貌威武、沉默寡言，使人相信他是個好司機。

凌晨四時，抵達了紐約州北端的亞歷山大灣，導遊小姐宣布現在為時太早，路旁的餐室還沒有開始營業，要我們在車上再睡一會兒。事實上，那個時候四周還是一片漆黑，根本也沒有辦法下車。

好不容易捱到天亮，大家紛紛下車伸腿。呀！原來我們的車子已停在一處河邊了。天氣好涼，穿上薄毛衣還覺得寒氣侵人。不過，空氣也真清新，在車上悶了一夜，一旦呼吸到這早晨的空氣，整個人都為之舒暢起來。

吃過早餐後，我們登上一艘汽船，開始了千島之遊。這條河名叫聖勞倫斯河，是美國東北角與加拿大的分界線，由於這一段的河面上分布著上千的小島，所以取名千島。

船上的導遊是一名十八九歲的美國男孩。當汽船沿河駛經一個又一個小島時，他就向大家解說這個島是那一個富翁的夏天別墅，那一個小島又是那個富翁買來送給他的嬌妻的，當然也有商人在島上經營餐廳和旅館。這些島嶼面積都極小，剛好適合建造一間花園洋房。果然，每一個島上的房子都是別出心裁，設計得玲瓏可愛，看起來就像童話中的糖果屋。最令我神馳的是這些別墅門前和花壇的美麗。也不知道是氣候關係還是別的原因，我總覺得這裡的花似乎開得比別處都茂盛。固然，種花人的懂得藝術也是一個原因。

在河上遊了一小時，雖然陽光照耀，但是寒氣未消。在溽暑的八月中居然這樣「涼爽」，千島的確是避暑勝地。

美麗的城市：多倫多

離開千島，遊覽車就載著我們，跨過聖勞倫斯河上的那座大橋，進入加拿大國境。加拿大對旅客入境管理得相當嚴，我們全團遊客事先都已辦好了簽證手續，此刻，持用外國（美國除外）護照的人還要下車接受證件檢查和問話，而回程時也有移民局職員上車來檢查，相當麻煩。

那天正值星期日，加境的公路上大小車輛相接如長龍，很多車頂上放著小艇，原來大多數是趁著週末全家到海濱去玩的。

車行四小時才到達多倫多，還沒進入市區，遠遠便可以看到一座高聳入雲的尖塔，那就是多倫多市的標誌，也就是世界上最高的建築物之一，一千八百一十五英尺高的ＣＮ塔。據說，登上塔頂的瞭望臺，可以看到四周七十五哩以內的景物。可惜，旅行社沒有把登臨ＣＮ塔列入行程內，以至失之交臂。

在旅館安頓後，導遊小姐帶我們到附近的舊唐人街吃午飯，這時，已是下午三時許，正是飯館青黃不接的時候，甚麼都吃不到，只好以餛飩麵充饑。然後，就去逛市區。

大概多倫多是一個處在新舊交替中的都市，因此，有新的市政廳，也有舊的市政廳；有新的中國城，也有舊的中國城。舊的市政廳是幾幢古老的歐洲建築物，新的市政廳卻是兩座相對聳立的弧形立體現代建築；新舊兩座市政廳距離不遠，相映成趣。

兩個小時的多倫多街頭漫步，我發現這座北美的名城真是既清潔而又美麗。街道上幾乎纖塵不染，路旁綠樹成蔭，草坪處處；每一幢建築物以及住家的門前，都有精心栽種出來的花卉，而這些花朵的美麗，比起千島那些別墅花園中的，更是有過之而無不及。綠樹多，草坪多，花多，這使得整個多倫多就像個大花園。只可惜我們在這裡停留的時間太短，無法暢遊。

尼加拉瀑布

從多倫多到尼加拉瀑布，也有四小時的車程。一路上風景奇佳；時而綠樹叢中一幢幢精緻的小洋房，時而是波光瀲灩的湖水，令人忘卻旅途的疲勞。

抵達尼加拉瀑布以後，導遊小姐先帶我們去遊玫瑰花園及花鐘。原來我以為在這裡只是單純的觀賞瀑布，沒想到這裡是一處廣大的遊樂區。除了旅館和餐室、出售紀念品的商店外，還有供人乘坐以觀賞瀑布的直升機、纜車、輪船。街上熱鬧非常，遊客如織。此地的蠟像館也是相當有名的。

一座名叫Skylon的高塔聳立在瀑布旁邊，從塔頂的瞭望台可以看到瀑布的全景。

遊玩尼加拉瀑布節目的高潮，是登上一艘名叫「霧中少女」的輪船航行到瀑布下面。一上船，每個人都領到一件附有頭罩的厚重黑色雨衣，因為船到瀑布附近時，飛濺的水花會把人淋成落湯鷄似的。

所謂尼加拉瀑布，共有兩個，一個在美國國境，名叫新娘瀑，面積比較小。在加拿大國境的名叫馬蹄瀑（因為形如U字，故名），面積比較大。遠遠望去，這兩個南北斜斜相對的大瀑布，固然已像是白練橫空，一瀉千里，驚濤駭浪，激起千堆雪。等到輪船駛近，便聽見了雷鳴似地萬馬奔騰的聲音，同時，由於水勢所造成的狂風暴雨，更是寒氣迫人。雖然是在盛夏，穿著厚重的雨衣還感到有點冷，又像是置身在暴風雨中，非常刺激。

從加拿大這一邊，先航向新娘瀑，再駛向馬蹄瀑，前後不過二十分鐘，但是我們已親近了尼加拉瀑布。

入夜以後的尼加拉瀑布，又是另外一番景象。在各種顏色的燈光的照射下，此時的瀑布像是靜止的，彷彿是一疋懸掛著的彩緞，另有一種靜態的美，與日間的奔騰蹦跳、狂野懾人，完全不同。

這時，岸邊還有水舞表演。利用電子音樂操縱噴泉的泉水，再配以彩色燈光，泉水便以各種不同的姿態在夜空中舞蹈著，時而群舞，時而獨舞，也很有趣。但是，跟下面那兩個雄偉的瀑布一比，便不值一顧了。「人工」怎比得上「天工」呢？

當晚，旅行社安排我們住在一間汽車旅館裡，設備陳舊，一部老爺箱型冷氣機整夜吱吱作響。幸而天氣涼爽，就把它關掉，這才不至影響到睡眠。第一夜，給遊客住豪華大酒店，第二夜，就要住小旅館，這恐怕是普天下所有旅行社的一貫作風吧？

瓦特肯斯峽谷

瓦特肯斯峽谷是我們這次旅行的最後一站。當天早上離開加境，回到美國的紐約州，經過水牛城，中午便抵達瓦特肯斯峽谷。

導遊小姐帶我們走進峽谷，但是她請年長的團員不要下車，遊覽車會把他們載到峽谷的出口處等候。

據說，這個峽谷是因為地震而裂開的。從石階走下去，只見兩邊峭壁都像是由一層層石片疊起來，非常整齊，這裡的天工看起來又像是人工了。

峽谷之間有一道溪流，峭壁上又不時會有一道小瀑布流出來。走下一道石階又有一道石階，有時，又要穿過一個黑暗的山洞，此時，石階便會變得濕滑難走。一直往下走，走了半天，以為已經走到峽谷最深處了，誰知，峰迴路轉，前面還有更深處。回頭一望，剛才走過的路，竟是在高高的山上。

走了大約一小時多，雖然是都下坡路，也挺累人的，就在大家紛紛大叫吃不消時，原來已走到平地上，這裡正是瓦特肯斯峽谷州立公園的大門口哩！

公園門口有一家賣肯塔基燒鷄的餐館，沒有下車的老先生老太太們已經坐在那裡等候，於是，大夥兒一擁上前，紛紛就座，大嚼一頓，這可是這次旅行的最後一餐了。

當天夜裡九時，回到了紐約的華埠，結束了我們三天三夜的美加邊境之旅，大家就在互道珍重聲中作別。

後記

大致而言，這次旅遊是很愉快的。美中不足的是，在多倫多竟是自由活動，白白錯過了許多可看的事物；而在尼加拉瀑布的時間又短了一點，玩得不夠痛快。值得一提的是，紐約華埠的旅行社在舉辦旅遊時，都只負責交通工具、旅館和入場券而不管吃。每到一個地方，他們有時會帶遊客到一間餐館去，隨便遊客愛吃甚麼就吃甚麼；有時是在一個地方解散，自由行動。我覺得這種辦法，豐儉由人，口味也可以自己選擇，比起國內旅行團的大夥兒圍桌而食，往往為了省錢而不夠吃，有時又以簡單的飯盒解決，實在高明得多，國內的旅遊業者，不妨參考參考。

（中央日報「旅遊」）

旅伴們

遊覽車在黑夜裡走了大約兩個小時便停下來，導遊小姐向大家宣佈車子要加油，叫大家下車休息。

我隨著其他的旅客走下遊覽車，原來這裡是一處很大的加油站，裡面還有百貨公司和餐飲部。大夥兒紛紛跑到裡面去買紀念品和吃的，我卻沒有這種興致。剛才在紐約華埠的孔子銅像前上車不久，導遊小姐就分給每人一罐臺灣出產的甘蔗汁。我一接過來，便喜不自勝，一來，甘蔗汁是我所欲的；二來，這是自己國家的出品，我也沾上一點光彩呀！可惜，才喝了一口，我的喜悅便完全消失了。那裡是甚麼甘蔗汁嘛？簡直是糖精和香料混合成的汁液，喝下去使得口腔和喉嚨都怪難受的。我偷偷把幾乎原封不動的所謂甘蔗汁放進廢物袋裡，感到很難為情。還好，車廂內光線很暗，全車又都是生人，沒有人認得我，也沒有人知道我是從這種甘蔗汁的產地來的。

現在，是午夜十二時，我和我的旅伴們都站在加油站外面異國的夜空下等候上車。他們三五成群，有說有笑，而我卻是孤零零一個，喉嚨裡還帶著糖精那種使人不快的感受。我也不知道這是哪裡，只知道是距離紐約市兩個鐘頭車程的北方一個加油站。今夜沒有月亮，北美的夏夜有點涼涼的，我隨身的薄外套留在車上沒有拿下來；此刻只好擁抱著雙臂，就更顯得形影單隻。

我這次在異國獨自參加旅行團，完全是出於偶然的。剛到紐約不久時，大兒的一個朋友到他家裡聊天，那位朋友無意中問我有沒有到別的地方玩過，我說還沒有。他就說他和他的妻子已參加了一個華埠舉辦的南方旅行團，將要到華盛頓、維金尼亞、佛羅里達等地玩一個星期，問我要不要參加，要的話，他可以替我報名。我看見我那三個兒子都忙得太可憐了，一個在趕博士論文，兩個要打工，我來了他們還得挪出時間來陪我玩，實在於心不忍，就答應那位朋友，跟他們一起去旅行。後來，大兒發現要是我出去一週，將會錯過一場芭蕾舞和一場音樂會；他又說南方沒有甚麼好玩，不如改為去加拿大看尼加拉瀑布；華盛頓可以另外去，這樣，就可以兩全其美了。我覺得他的主意還不錯，就鼓起勇氣，接受了這次三天三夜孤獨的旅程。想起來真有意思，在國內時，想去哪裡玩都要呼朋喚友、聯群結隊的，如今，在人地生疏的異國，卻敢單人匹馬上路。

快半個鐘頭了，車子還沒有加好油。一個人站著實在太無聊，我看見有幾個女孩子圍在一起說話，就走上前去。其中，一個戴眼鏡的女孩一看見我就馬上向我伸出手來，用一種我聽不懂的廣州話跟我說話。她說了兩次我還是聽不懂，經過旁人翻譯，才知道她說她名字叫阿芳。這時我才聽得出她說的是帶著濃厚臺山腔的廣州話。

她問我是那裡來的，我告訴了她。她立刻指著站在旁邊的一位個子高高、氣質不錯的少女對我說，這位也是臺灣來的，而且也是獨自一個，以後你們就可以作伴了。

我想：阿芳大約是另外一位導遊小姐吧！她可真會替客人設想哩！

我很高興地跟高個子少女攀談，原來她也是從臺北來的，本身又是一個中學教員。她比我更勇敢。暑假一開始就獨自到處觀光，已經遊遍東南亞和美國中西部，紐約是她最後一站。有了這樣志同道合的一位同伴，我開心極了，我們交換了姓名，打算以後一路上結伴同行。

我們這次旅遊的程序是第一夜在車上睡覺，因此，上車以後，大家便各自回座，在馬達低低的響聲以及車身的輕搖中沉沉睡去，第二天一覺醒來，便已置身在紐約州北端的聖勞倫斯河畔。導遊小姐（不是阿芳）叫我們下車到碼頭旁邊的餐室吃早點，我到處找昨晚結識的N小姐，卻因為匆匆一面，沒有把她的模樣看清楚，冒冒失失地把另外一位也是服裝樸素的年輕單身女客當作是她。後來才知道這位從香港來的H小姐正是N小姐的鄰座，H、N和我是這個旅行團中僅有的三名單身團員，由於她們坐在一起，所以導遊小姐在抵達加拿大多倫多的旅館以後，就把她倆編在同一間房間裡，而把我編入一個母女三人的家庭，反正給我們四人兩個房間，隨便我們怎樣分配。好不容易找到一個可以作伴的人，不幸我又落單了。

那位帶著兩個女兒來旅行的太太，不，應該說是由兩個女兒陪同出來旅行的太太才對。她一上車，就給我以不良印象，因為她不滿意自己的座位在後頭，硬要坐在第一排，一開始就跟旅行社的職員大吵特吵，她是香港來的廣東人，年紀跟我差不多，本來也可以做伴的；但是她有女兒，當然不歡迎別人，而且她的態度看來不怎麼友善，我對她多少也存有戒懼之心。果然，導遊小姐把房間鑰匙交給她時，她就不高興地說：「只有一把鑰匙，難道我們到哪裡都要帶著她（指我）呀？」導遊小姐只好又到旅館的櫃臺去再要一把給我。

「你們哪一位跟我睡一間呢？」在電梯上，我這樣問。

「還是讓她們年輕的在一起吧！」那位太太不作正面回答。

進了房間，我要她選床，她說隨便，然後就到隔壁她女兒的房間裡去了。那個夜裡她沒有來睡，我是塞翁失馬，反而得以單獨享受那間相當豪華的房間。

第二天在旅館樓下大廳裡碰了面，我問她昨晚怎麼沒有同來。

「我們去看朋友，聊到半夜三點鐘才回來，怕吵醒你，就在女兒房間睡了。」她說，她倒是怪會體貼人的，這個人真是貌惡心善。

我們這個由紐約華埠的旅行社主辦的美加旅行團，除了遊覽車司機是黑人，另外還有兩名不會說中國話的泰國婦女外，清一色都是華人。有臺灣、香港來的觀光客，也有紐約當地的華僑。除了N小姐和我，從臺灣去的都是一家人——父母帶著孩子或夫婦倆。一家人在國外旅行一趟得花不少錢吧？從這一點，也可看得出臺灣民生的富足。大陸人民吃飯要糧票，做衣服要布票，生活都不遑顧及，又沒有個人的自由，叫他們怎樣出國觀光？

其中一對上了年紀的夫婦，男的似乎不良於行，他們是由兒子陪同旅行的。這位青年非常孝順，一路上扶著父親，對母親也十分照顧，充份表現出中國人的孝道，看在眼裡，令人羨慕而又欣慰。後來有機會攀談起來，原來他跟我的三個兒子還是臺大校友哩！

團裡也有不少香港來的男女學生，他們個個活潑可愛，談笑風生。坐在我前面的兩個女學生，一路上低唱此間的國語流行歌，唱得還不錯。但是有人叫她大聲唱給大家欣賞時，她們又不答應了。

坐在我後面的是兩個打扮入時的少婦，說得一口道地的美語，也會說粵語。我不知道她們是土生華僑，還是香港人，因為她們從來不跟別人打交道，態度相當倨傲。可是我卻看見她們經常跟司機聊天。司機雖是黑人，卻是相貌堂堂，非常威武。這兩名少婦厚司機而薄大家，是被他的外表所吸引還是因為他是美國人呢？

阿芳，無疑地是這個團體中最活躍也最受人注目的一個。在行車的時候，她不斷地在過道中走來走去跟每個人打交道；大夥兒在飯館裡吃飯時，她也總是在每一張桌子之間轉來轉去。所以，我一直以為她也是導遊小姐。

後來，香港來的H小姐告訴我，原來阿芳也是團員之一，是由她妹妹陪同一起的。據說，阿芳的神經有問題，是個輕微的精神病患者，本來還是個大學生哩！是因為用功過度而把腦筋弄壞的。

怪不得我總是覺得阿芳這個人怪怪的。在旅途中，才分開五分鐘，她也要跟你握手說聲「你好」。一路上，她拚命替每一個團員拍照，誰不答應，她就說「來嘛！我會想念你的」。每到一個地方，她都大買明信片分送給大家，而且都題了上下款。她的英文不錯，到底是在美國土生土長的嘛！在眼鏡後面，她的眼光時常露出茫然而又遲滯的表情，她走路的姿勢僵直。起初，我覺得這樣的人怎能當導遊，想不到她還是個病人。

其實，我那次的旅程並不算孤單。在「失」去了N小姐之後，我又結識了那兩位泰國婦女——安妮和茱迪。安妮的英語雖然蹩腳已極，可是她非常美國化，熱情、開朗而極端外向。我也不明白她何以對我一見如故，一開始就親熱得不得了，還稱我為姊姊。茱迪比她年輕得多，性格也較文靜而內向，不過也跟她一樣對我友善得很。她倆看見我一個人踽踽獨行，就每次進餐都邀我一起（每餐我都堅持採取美式分帳法）；第二夜在尼加拉瀑布的汽車旅館裡，又主動要求領隊把我們三人分在一個房間裡。雖然如此，我在精神上還是掛單的，N和H已經配在一起，安妮和茱迪本來就成雙；我無論加入那一夥，三人行固然必有我師，但是三人就成眾，似乎太擁擠了一點，心理上總覺得自己是多餘的。

三天三夜的旅遊終於到了最後的半天。這時，大夥兒都已經混熟，在回程之車上，雖然沒有惜別依依，起碼也都有說有笑，不似去時的各自為政以及陌生、矜持了。

阿芳這時更是使出渾身解數，表演滿場飛。她先是既有禮貌而又多情地捱著座位跟每一個人握別，對方是廣東人她說粵語，不是廣東人就說英語，也不管別人聽得懂不懂。她的英語比粵語好得多，起碼發音清晰。經常掛在嘴邊的口頭禪是My Goodness，一天不知要說多少遍，令人聽了就想笑。

跟每一個人話別後不到半個鐘頭，阿芳又站起來再跟大家用另外一套說法來道別。這時，大家都已知道她的頭腦有問題，就都虛與委蛇，跟她敷衍一番。然而，過了十來分鐘，她又再度表演。她跟每一個人說，下一次，她要帶隊到華盛頓去觀光，叫大家參加。她的話才出口，全車的人都笑得前仰後合，那幾個香港學生更互相開玩笑作弄說：阿芳帶隊了，你趕快報名呀！我也覺得很可笑，起初我看見她那麼活躍（真正的導遊小姐反而不苟言笑），以為她是領隊；如今，她果然做起導遊夢了，說不定在她那失常的心智裡，果真以為自己是個導遊哩！

她走到我座位旁邊時，問我要不要參加，我說我要考慮考慮。她說，那你留一個電話號碼給我吧！我怕她以後夾纏不清，就騙她說我忘記我兒子家的號碼了。看見她怏怏離開，我心裡有著無限的歉疚，她只不過是個有病的可憐人，我何苦向她說謊呢？

神經失常卻是心地善良的阿芳、氣質高雅的N小姐、落落大方的H小姐、熱情的安妮、溫柔的茱迪、陪伴著老父母的孝順青年、貌惡心善的某太太、也是來自臺灣帶著美麗妻子和三個可愛兒女的男士、愛唱歌的少女、不理人的少婦、愛笑愛鬧的香港學生、坐在前排也是不大理人的老夫婦、不苟言笑的導遊小姐、樣子威武的黑人司機……這一批來自不同地區的陌生人，在經過三天三夜的同遊後，有些人我雖然沒有跟他們說過話，但是也都留下或深或淺的印象，也覺得跟他們總算有緣。到如今三個多月了，他們的容貌我仍然記得一清二楚。可惜，他們也許不跟我一樣想法，因為那天晚上遊覽車開回紐約華埠，車子一停定，每個人就急不及待地匆匆離去，誰也不跟誰打一聲招呼，更沒有一個人像阿芳那樣多情地一一慇懃話別。

（新生副刊）

萍水緣

我跟著同車的人走下睡了一夜的遊覽車，置身在河邊沁涼的清晨空氣中。呀！這裡就是我們旅遊的第一站——美加邊界的千島了。在國內的時候，我從來不曾獨自參加過旅行團，如今來到異國，反而有勇氣單人匹馬加入一個完全是陌生人（還好全都是自己的同胞，不，起碼都是黑髮黃膚的華裔）的團體裡，這不能不說是一個異數。

導遊小姐要我們先在路旁的餐廳吃早點，然後坐船去遊河。於是，我就跟著眾人走進路旁唯一的一間餐室裡。一走進去，那邊一家人同來的、三四個朋友結伴同來的、夫妻兩個人同行的，全都有說有笑地圍坐在一副副座頭上。只有我一個人踽踽獨行，就隨便在一個座位上坐下。誰知因為這個時候生意太好了，一名女侍就走過來問我是不是一個人，假使是一個人，就請坐到角落裡，這個座位要留給人多的客人。

為了要成人之美，我把自己挪到靠牆的位子上。就在這個時候，一個少女走過來用生硬的粵語問我旁邊的位子有沒有人，我說沒有，她就坐在我的旁邊，而她的同伴——一位略胖的中年太太就在我的對面坐下。

她對我笑一笑，用英語問我：「你是從那裡來的？」

「中華民國的臺灣省。」我說。

「啊！臺灣！我們離得很近哩！我們是泰國人。我叫安妮，她叫茱迪。我們的祖先都是中國人，不過我不會說中國話，茱迪只會說一點點粵語。」胖太太一面說一面伸手過來跟我熱烈相握。怪不得她們兩個看起來根本不像泰國人，原來也是華裔。

為了入境隨俗，我也把自己的英文名字告訴她們，請她們叫我蘇珊。

女侍過來問我們要吃什麼，大家點過了吃的，安妮就對我說：「以後每一頓你都跟我們一起吃吧！一個人吃飯多沒意思啊！」這時，我才知道她們原來是我們旅行團的團員。

這是我跟安妮和茱迪結識的經過，以後在三天兩夜的旅途中，我們三個人就都結伴而行，寸步不離。真想不到，我這次孤獨的旅途竟然一開始就認識了新朋友。安妮和茱迪目前都在紐約工作，安妮是一家商行的出納，茱迪的職業是秘書。她們兩人在紐約的皇后區合租了一間公寓居住，安妮的丈夫在佛羅里達州做事，在曼谷的家裡有兩個孩子，由她的母親照料。茱迪大約有二十七、八歲，未婚，個性很文靜，打扮得也很保守；而安妮則熱情而活潑，愛說愛笑，性格開朗，是個很好相處的人。她曾經和茱迪一起到處旅行，到過歐洲，似乎世面見過不少。

才一認識，安妮就挽著我的臂膀，一面在岸邊散步，一面滔滔不絕地把她倆的身世告訴我。她的英語很蹩腳，發音錯誤百出。她說她最喜歡買東西每到一個地方，一定大買特賣，她把shopping說成chopping，聽了使人噴飯。

那天，我們遊過了千島，便過境到了加拿大的多倫多。午後，我們三個人在華埠的一間廣東館子裡吃麵。安妮胃口奇佳，一個人吃了兩碗餛飩麵。她不但在湯裡加上大量的辣椒醬，而且還加上很多白糖，這種奇怪的吃法，把我看得目瞪口呆。她說她最喜歡吃辣椒，越辣越好。我就乘機邀請她們到臺灣去觀光，我說，你們要是去了，我一定請你們吃最好的四川館子保證你辣得過癮。

下一次，我們三個人又在多倫多一家很高級的廣東茶樓飲茶。安妮照例狼吞虎嚥；茱迪吃得不多；而我因為胃部不適，吃得更少。結帳時，安妮堅持她要請客，我爭不過她，只好準備下次還請。可惜，自從那次以後，我的胃更不舒服，經常有噁心的感覺，食慾全無，每餐都只能以一杯牛奶充饑。她們一見我這種情形，當然不會給機會讓我還請。

到了尼加拉瀑布，安妮和茱迪更是拉著我拚命拍照，盛情難卻，只好讓她們為我拍了一、二十張。萍水相逢的朋友而能夠如此慷慨相待，在現代這個重視現實的社會中恐怕是十分難得的了。

坐船遊過瀑布以後，我的胃忽然不爭氣起來，竟丟臉地在人前嘔吐。這時，安妮連忙替我揉背，茱迪則跑到旅館裡去要了一大杯熱開水給我喝。這一杯水，對我而言，實在有似甘露。

那夜，她們兩人見我孤獨無伴，就主動向領隊要求，讓我們三個人同住一個房間。我因為不適而早睡，她們兩人在我睡後又出去逛夜市買東西。回來的時候躡手躡腳的，一點聲音也沒有，生怕吵醒我。她們對我如此體貼，真是令人感動。

第三日，是我們旅途最後一天。我們三人形影不離，在峽谷公園裡拍了一張又一張的照片。她們對我那樣好，我就開玩笑說，你們不要把我寵壞了。

「我第一眼看見你就喜歡你了。」安妮說。

「我也喜歡你們哩！」我說。

「你將來會把我們寫進你的文章裡嗎？」茱迪問。

「我一定會的，你們對我這麼友善。」我誠心誠意地說。

現在，我信守諾言，執筆為文之際，眼前又浮現出安妮甜甜的圓臉孔與郎爽的笑聲，以及茱迪姣好的面容和文靜的態度。出一趟遠門，在無意中結識了兩位好友，這使得我深深體驗到「海內存知己，天涯若比鄰」這兩句名詩所蘊含的真理。

當遊覽車駛向歸途，安妮一再表示回到紐約以後還要約我到華埠吃一頓飯，她和茱迪還有東西送給我，於是，我們相互交換了電話和地址。臨分手時，我把原來放在皮包裡兩枚精美的國旗徽章分別送給他們，我說：

「這是中華民國的國旗，以後你看到了它，就會想起你有一個中華民國的朋友了。」

她們接過去，千謝萬謝，直誇我們的青天白日滿地紅國旗美麗。回到紐約以後，我一則因為自己返國期近，沒有多少時間；二則對紐約不熟，所以沒有再跟她們聯絡。而她們也一直沒有打電話來，我想，我整天都不在家，也許她們打來沒有人在也說不定。

到了我離開紐約的那一天，我撥了兩次電話給她們都沒有人接，只好寫了一封信，向她們道別，再度邀請她們有機會一定要到臺灣去。沒能再見她們一面，心中不免有點怏怏不樂。

回到臺北的半個月之後，意外地接到茱迪的來信（安妮的英文程度較差，大概不會執筆），信中並附了好些照片，有些是我個人獨照的，有些是三人合照的。雖然跟她們分別了不過二十天左右，看了照片，竟也有回到夢中的感覺。信上說安妮問候我，並向我致歉，是她把我在紐約的電話和地址弄丟了，以至失去聯繫。她們收到我在紐約寄出的信，十分高興，只可惜緣慳一面。最後，茱迪這樣寫著：「有機會我們一定會到臺北來看你的。」

她們真的會來嗎？這兩位萍水相逢的異國友人，我在想念著她們。

（空中雜誌）

畢璞全集・散文02　PG1253

午後的冥想

作　　者	畢　璞
責任編輯	劉　璞
圖文排版	周妤靜
封面設計	楊廣榕

出版策劃	釀出版
製作發行	秀威資訊科技股份有限公司 114 台北市內湖區瑞光路76巷65號1樓 電話：+886-2-2796-3638　傳真：+886-2-2796-1377 服務信箱：service@showwe.com.tw http://www.showwe.com.tw
郵政劃撥	19563868　戶名：秀威資訊科技股份有限公司
展售門市	國家書店【松江門市】 104 台北市中山區松江路209號1樓 電話：+886-2-2518-0207　傳真：+886-2-2518-0778
網路訂購	秀威網路書店：http://www.bodbooks.com.tw 國家網路書店：http://www.govbooks.com.tw
法律顧問	毛國樑　律師
總 經 銷	聯合發行股份有限公司 231新北市新店區寶橋路235巷6弄6號4F 電話：+886-2-2917-8022　傳真：+886-2-2915-6275

出版日期	2015年1月　BOD一版
定　　價	290元

Printed in Taiwan

國家圖書館出版品預行編目

午後的冥想 / 畢璞著. -- 一版. -- 臺北市 : 釀出版,
2015.01
面 ;　公分. -- (畢璞全集. 散文 ; 2)
BOD版
ISBN 978-986-5696-73-3 (平裝)

855　　　　103026862

讀者回函卡

感謝您購買本書，為提升服務品質，請填妥以下資料，將讀者回函卡直接寄回或傳真本公司，收到您的寶貴意見後，我們會收藏記錄及檢討，謝謝！如您需要了解本公司最新出版書目、購書優惠或企劃活動，歡迎您上網查詢或下載相關資料：http:// www.showwe.com.tw

您購買的書名：____________________

出生日期：________年________月________日

學歷：□高中（含）以下　□大專　□研究所（含）以上

職業：□製造業　□金融業　□資訊業　□軍警　□傳播業　□自由業

□服務業　□公務員　□教職　□學生　□家管　□其它_____

購書地點：□網路書店　□實體書店　□書展　□郵購　□贈閱　□其他

您從何得知本書的消息？

□網路書店　□實體書店　□網路搜尋　□電子報　□書訊　□雜誌

□傳播媒體　□親友推薦　□網站推薦　□部落格　□其他__________

您對本書的評價：（請填代號　1.非常滿意　2.滿意　3.尚可　4.再改進）

封面設計____　版面編排____　內容____　文／譯筆____　價格____

讀完書後您覺得：

□很有收穫　□有收穫　□收穫不多　□沒收穫

對我們的建議：____________________

____

____

____

請貼
郵票

11466
台北市內湖區瑞光路 76 巷 65 號 1 樓
秀威資訊科技股份有限公司 收
BOD 數位出版事業部

(請沿線對折寄回,謝謝!)

姓　名:________________ 年齡:________ 性別:□女　□男

郵遞區號:□□□□□

地　址:____

聯絡電話:(日)________________ (夜)________________

E-mail:____